帝都契約嫁のまかない祓い

飛野 猶

角川文庫
23904

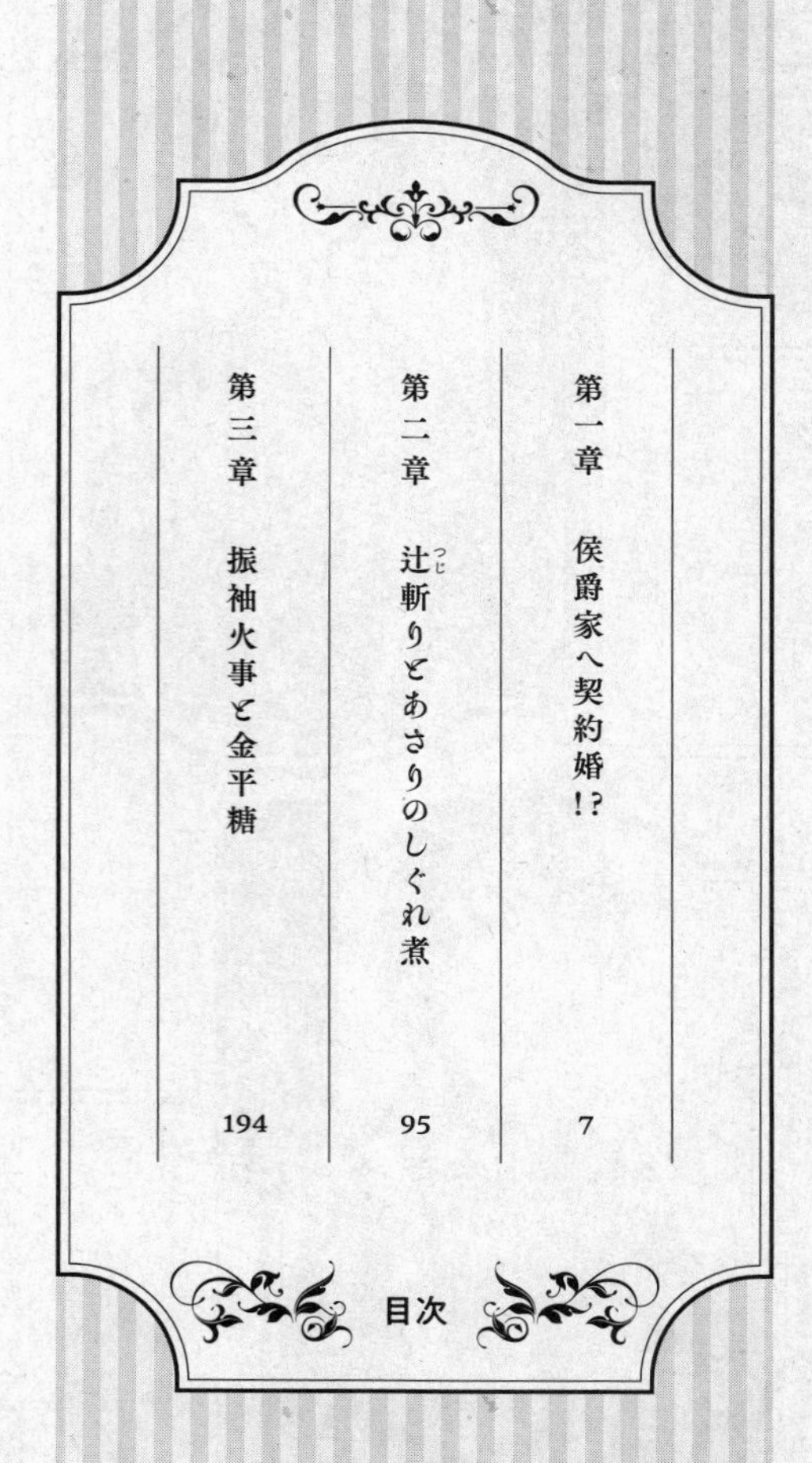

目次

特四とは……

陸軍近衛第四特殊師団の略。妖や悪霊、人に障る荒神などの怪異を討伐するための部隊。中でも抜きん出た力を持つ聖は、大悟と庄治の3人で活動している。

「俺はまだ、本当のことを彼女に話していない」

鷹乃宮 聖（たかのみや ひじり）

歴史ある陰陽師の名家・鷹乃宮家の力を継ぐ、若き当主。冷たい美貌の侯爵。「特四」に所属している。

「私にできることって、なんだろう」

直来多恵（なおらい たえ）

母に仕込まれた料理の腕は一人前の素朴な少女。実はその料理には不思議な力が……。

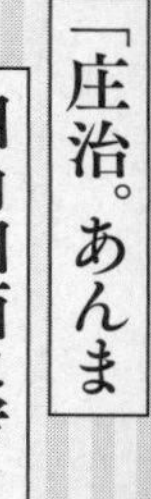

「庄治。あんま四角四面に考えてると、背ぇのびひんで？」

大江大悟（おおえだいご）

聖の幼馴染。過去の因縁から、鷹乃宮家に代々仕えている。体格がよく、気さくな性格。

竹中庄治（たけなかしょうじ）

情報収集担当として聖を助ける。管狐使いで、十七匹を使役している。性格はお堅く生真面目。

「それとこれとは関係ないだろ！」

イラスト◆白谷ゆう

帝都契約嫁のまかない祓い

ていとけいやくよめのまかないばらい

登場人物紹介

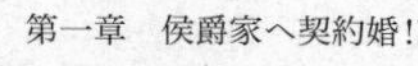

第一章 ✦ 侯爵家へ契約婚!?

女手一つで育ててくれた母が、切り盛りしていた定食屋。一階に店と厨房(ちゅうぼう)があり、二階の小さな一間が母と多恵(たえ)が寝起きする生活の場となっていた。

思い出がたくさん詰まったその店が、いま目の前で真っ赤な炎に包まれている。

多恵は、燃える店を前にただ茫然(ぼうぜん)と眺めるしかなかった。たすき掛けをした山吹色の小袖(こそで)の袖が、逃げるときに少し焦げてしまった。

母が繕ってくれた古着の着物も、小さいころよく一緒に寝た布団も、母の位牌(いはい)もすべてが炎の中だ。

風が強い日だったことも災いした。吹きつける冷たいからっ風が、炎をふいごのように大きくしていったのだ。

母と多恵とで守ってきた大事な店は、いま火柱のようになっていた。

火が出てから、炎が定食屋を呑(の)み込み、周り数軒までも巻き込むほどの大きな火に膨れ上がるまでほんの半刻とかからなかった。

ここまで炎が大きくなってしまえば、なすすべもない。近隣の者たちも、集まった野次馬たちもただ荒れ狂う炎に圧倒されて立ち尽くすしかなかった。

消防組の男たちが蒸気ポンプで水を吹きかけているが、火の勢いが収まる様子はない。

燃え盛る定食屋を前にして呆けたように眺める多恵の胸元を、突然、中年の男が勢いよく掴んだ。

「おい！　どうしてくれんだ！　お前の店が火を出したせいで、俺らの店まで燃えちまったじゃねぇかよ！」

多恵の定食屋の二軒となりで履物屋を営んでいる男だ。彼の店も、この火事の火が移って勢いよく燃えていた。

「どう責任とってくれんだって言ってんだよ！」

炎が映りこむ瞳で男は多恵を憎々しげに睨み、激しく揺さぶる。

そのたびに多恵の頭はがくがくとなり、一つ結びの三つ編みが大きく揺れた。

「……す、すみません。すみません」

謝罪の言葉が多恵の口から零れ落ちた。ただもう謝り倒すしかできない。この大火事の火元が、多恵の定食屋であることは明らかなのだから。

ここは帝都の東側に位置する、下町にある商店街の一角。

未舗装の道の両側に店が連なり、普段は人や馬車が多く行き交う場所だ。

そこにいまは多くの野次馬が集まり、人だかりができていた。

多恵と母はここで十数年前から定食屋を営んできた。母と娘二人きりでなんとか生きてこれたのは、この店があったからだ。

母の作る料理はとても評判が良く、昼時ともなれば外に並ぶ人まででるほどだった。定食屋にははつらつとした母の明るい声が響き、うまいうまいと嬉しそうに定食を頬張る客たちであふれていた。

多恵も物心ついたときから、仕込みや料理、給仕を手伝ってきた。笑顔があふれる定食屋は、多恵にとって自慢の宝物だった。

年ごろの娘に成長した多恵に母は最近よく、「あんたももう十八だね。そろそろ良い相手をみつけなきゃ。一緒に店を継いでくれる相手ならなおいいんだけどね」なんて話していた。店の常連に「いい人いないかね」なんて相談することすらあった。

その話を聞くたびに、そんなことまだ考えられないと多恵は笑って誤魔化した。

いずれ結婚して家を出る日がくることを予感しつつも、いまはまだ母と二人支えあって暮らしていきたいと考えていたのだ。

しかしそんなささやかな幸せは突然終わりを迎える。

母が買い物帰りに通り雨に合い、身体を濡らして帰ってきたのが一月前。その晩から母は風邪をひいて寝込んでしまった。それから、あんなに元気だった母は坂を転がるように体調を崩していき、数日でパタリと亡くなってしまったのだ。

きょうだいはなく、父の存在もしらず、親類縁者もいない多恵は突如、天涯孤独の身となってしまった。

定食屋を続けられなくなった多恵は店を閉め、母と暮らした二階の小さな一間に籠(こも)っ
て布団をかぶって泣き暮れた。
でも、そのままでは生きていけない。だれも多恵のことを養ってくれるわけでもない。
泣いていても腹はへる。働かなければたちゆかない。
これからはひとりで生きていくしかないのだ。幸い、母が残してくれた定食屋がある。
料理なら幼いころから母に仕込まれてきた。母とまったく同じとはいかなくとも、近い
味なら出せるはずだ。
(よし、定食屋を再開させよう。このまま店をつぶしてしまったら、母さんに顔向けで
きないもの)
そう決心して、ひとりで店を再開させた。幸い、以前からの馴染(なじ)み客たちが少しずつ
戻ってきてくれて、母の生前とは比べ物にならないまでもそれなりに定食屋をやってい
けそうな気がしていた。
その矢先に起こったのが、この大火事だ。
これから守っていこうと心に決めた大事な店が燃えている。周りの数軒を巻き込んで
大火となっている。
履物屋の男は、呆けたように無抵抗な多恵を「くそっ」と忌々しげに突き放した。
よろけた多恵は地面に倒れこむ。あたりは消火活動のために水浸しだ。
泥水が着物を濡らし、身体の中にまでしみこんできた。

身を起こして滲んだ涙を汚れた手で拭うと、顔も煤と泥にまみれた。

そんな多恵をさらに多くの人たちが取り囲み、口々にきつい言葉を浴びせかけてくる。

「なんてことしてくれたんだい！」

「いつか、こんなことになるんじゃないかと思ってたよ。多実さんが生きてたら、絶対火なんて出さなかったにちがいないんだ。だから、あたしゃあんたが一人で店を開けるなんて反対だったんだよ」

「弁償しろよ！　店と家財道具と商品と、全部お前が償え！」

みな昔からよく知っている周りの店の者たちだ。彼らの店も、この火事でなくなってしまった。怒るのも当然だ。

「すみません……すみません、すみません……このお詫びはしますから……すみません」

頭を下げてひたすら謝るしかできない。

この火事でいったいどれほどの損害が出たのか想像するだけでもおそろしかった。

でも、多恵の店が火元ならば、どれだけ年月がかかったとしても償っていくしか道はない。一生かけても償いきれるかどうかわからないけど、少しずつでも返していくしかないのだ。申し訳なさと諦めが心を覆った。

しかし、ただ一つ、腑に落ちないことがあった。

それは火が出る直前のこと。多恵は不可解なものを見たのだ。

(あの炎の塊はなんだったんだろう)

火が出る直前、多恵は厨房にいた。朝食で混む時間帯がすぎ、忙しくなる前に昼定食の下ごしらえをしているときだった。

今朝は店の前を通る棒手振り（ぼてふ）から、脂の乗った冬アジがたくさん買えた。昼の日替わり定食はアジの天ぷらを主菜にして、それに小松菜のお浸しなどを添えるつもりだった。

天ぷら油を熱しながらも、火の扱いには用心を重ねる。火の扱いは重々気を付けるようにとの母の教えを忠実に守っていた。

天ぷら油はちょうどいい温度にあたたまり、開いて衣をつけたアジを投入するとしゅわしゅわと小気味よい音をたてた。

手際よく調理を進めていた多恵だったが、がさごそという聞きなれない音を耳にしてそちらへ目をやった。音がしたのは、換気のために開けていた窓からだ。

ただ棒を挟み込んで閉じないようにしただけの突き出し窓が、なぜか真っ赤になっていた。いや、よく見ると炎の塊のようなものが窓をこじあけて転がり込んできたのだ。

それは一抱えほどもある火の玉のような形をしたもので、ごろごろと厨房の床や台の上をころがりまわった。通った道筋が赤く燃える。

「なに、なにこれ!?」

それだけでも相当恐ろしかったが、さらに肝を冷やしたのは火の玉の中央に真っ赤な老女のような顔があり、その顔がにたにたと不気味な笑みを浮かべていたのだ。

多恵は咄嗟（とっさ）に油の鍋（なべ）だけは火の玉から守ろうと布巾（ふきん）を手に鍋の取手を持ち上げようと

した。しかし火の玉の方が一瞬速かった。鍋めがけて飛びついてきたのだ。

「きゃあっ!!」

　火の玉は鍋の中に飛び込んだ。熱されていた油が炎をあげる。

　飛び散る油を避けようと多恵が鍋から離れた瞬間、火の玉は『イヒヒヒ』と身のすくむような嗤い声をあげて鍋をひっくりかえした。油が厨房の中にぶちまけられ、火がついた油はすぐに勢いよく燃えて、炎は天井近くまで達した。

　多恵はすぐに厨房を出て客席へと走っていく。頭の中に真っ先に浮かんだのは、客席にいる客たちのことだ。

「火の玉が……！　みんな、逃げて!!」

　出せる限りの声で叫ぶ。その頃にはもう、厨房と客席を繋ぐ戸口からも大蛇が何本も這い出ようとするかのように荒れ狂う炎が客席にまで迫っていた。

　うわあああ、と声をあげて客たちが我先にと逃げ出す。最後の一人が逃げるのを確認してから多恵も定食屋の外に逃げ出した。

　そのころには騒ぎを聞きつけて近隣の店からも人々が駆けつけてきていた。すぐにみなと協力して井戸から水をくんで消火にあたったが、火の勢いは衰えるどころかますます盛んになるばかり。そのあとやってきた消防組の蒸気ポンプによる放水も歯が立たず、炎は定食屋を包み込んで近隣の店までをも覆いつくす大火となったのだ。

　それが多恵が見た出火の真相だった。しかし、それを言っても誰もまともに取り合ってはくれない。

「本当なんです。顔の付いた火の玉が厨房の中に転がり込んできて火を点けたんです……！」

多恵は幾度となく必死に訴えたが、他の者たちは誰も多恵の言葉を信じてくれなかった。

逆に、

「でたらめ言うんじゃねぇぞ！」

「気でもおかしくなったのか？」

「自分の手違いで火を出したくせに、虚言で免れようとしてんだろ」

と、責め立てられるばかりだった。

やはりあの嗤う火の玉は多恵の見間違いだったのだろうか。

しだいに、ほんとうにそんな異形のモノを見たのか自信もなくなっていた。

本当は自分の手違いで油に火を点けてしまったのを、自分で誤魔化すためにあんな火の玉が見えたように錯覚してしまったんだろうか。

多恵を取り囲む近隣の店の者たちは、なおも口々にきつい言葉を浴びせかけてくる。多恵がわざと失火したのでないことはみなもわかってはいるのだ。しかし、突然店や財産を燃やされた者たちは怒りの矛先を多恵に向けるしかなかった。

駐在も火事の様子を見に来ていたが、野次馬たちに消防組の消火活動の邪魔にならないよう呼びかけるだけで、多恵たちのことは見て見ぬふりをしている。

「こうなったらもう、身売りでもなんでもするしかないんじゃないのかい？　そうすりゃすぐにまとまった金が手に入るだろうよ」

隣の八百屋のおかみさんが言う。

「ああ、それがいい。その金を店を焼かれた連中に配ればいいさ。もちろんこれだけの数の店を立て直すのにはちっとも足りんが、当座の生活資金にはなるだろ」

履物屋の男が多恵を見下ろしながら睨むように言う。

「身売り……」

その言葉が意味することを理解して、多恵は恐怖に身を固くした。

いろんなことが次々と起こり過ぎて、多恵はもう限界だった。

責め立てるなら責め立てればいい。きっと自分はそれだけのことをしたのだろう。

いっそ腹いせに殺すなら殺してくれたってかまわない。

(ごめんなさい……ごめんなさい……ごめんなさい……)

そんなことを思いながらも、頭を抱えるようにして耳を押さえた。目もぎゅっとつぶってしまう。多恵を取り囲む人々の罵声がしだいに遠くなる。

何も聞きたくなかった。何も見たくなかった。すべて夢であってほしかった。

このまま無の存在になってしまいたい。

いやでも、定食屋が焼けたのも、厨房から出た大火が周りの店を焼き尽くしたのも夢なんかではない。現実だ。ちゃんと立ち向かわなきゃ申し訳が立たない。

いままで親切にしてくれていた、家族ぐるみの付き合いだった店主やその家族から辛辣(しんらつ)な言葉をかけられるのは身を切られるほどつらかった。

だけど、自分はそれだけのことをしてしまったのだ。

身売りだろうとなんだろうと、甘んじて受けるしかない。

意を決して目を開け、耳を塞(ふさ)いでいた手をどける。すると、

(あれ? 静かになってる……??)

どうしたことだろう。あれだけ騒がしかった周囲が、すとんと静まり返っていた。

多恵の周りを取り囲んでいた店主たちの姿も見えなくなっている。消火のために走り回っていた消防組の人たちの姿もない。通りを塞ぐほどだった沢山の野次馬たちもいつの間にかいなくなっていた。日中に人の往来が絶えたことなんて一度もない商店街の通りに、人々の姿がなくなっている。人がいなくてがらんとした通りは、いつも以上に広く感じた。こんな商店街を見るのは初めてのことで多恵は戸惑った。

その代わりに。

(誰……?)

すぐそばに誰かが立っている。

(軍人さん……いえ、将校さん……?)

陸軍の軍服を着た青年だった。腰から長い軍刀を下げている。一瞬、ついに自分を捕

まえるために軍人さんまできたのかと多恵は身構えた。

しかし、彼は多恵を見てはいなかった。彼の視線は燃える定食屋の屋根に向けられている。その意志の強そうな黒い瞳には、爛々と燃え盛る炎が映りこんでいた。

(美しい方……)

多恵は、つい彼の横顔に惹きつけられた。

火の粉が散る中に立つ姿は、幻想的ですらある。

すらりと伸びた鼻筋に、引き結ばれた口元。あまりに整った顔立ちはどこか冷たい雰囲気すら感じさせる。

定食屋にも多くの客がやってきていたが、ここまで美しい顔立ちの男性を多恵はいままで見たことがなかった。

青年は燃え盛る定食屋を鋭く見つめたまま、何か言葉を発した。

多恵は彼の姿に見とれていて、彼が何といったのか聞き取れなかった。

彼は、鋭い視線を多恵に向ける。

「火元はこの店か？　と聞いている。お前は店のものか？」

驚いて、多恵は慌てて立ち上がると返事をする。

「は、はいっ、そうです。私がやっている店です！」

彼は訝しげに尋ねる。

「お前が？　随分若いな。ほかの従業員はいないのか？」

「はい。つい先月まで母と二人で切り盛りしていましたが、母が亡くなったので一人で店をやっておりました。でも、火を出してしまってこんなことに……」

彼の視線はまっすぐ多恵に向けられていた。

突然、彼の手が頭上にのびてきて多恵は殴られるのかと身体をびくつかせたが、彼はただ多恵の肩にポンと手を置いただけだった。彼は多恵を頭から足先までざっと眺めると、すぐに手を離す。

「そうか。それで、囲まれて詰め寄られていたのか。とりあえず、怪我などはなさそうだな。あのまま放っておいたら、エスカレートしそうだったから、とりあえずお前も結界の中に取り込んでおいたが正解だったようだ」

「え、エスカ？」

何を言われたのか分からず多恵は繰り返す。

「大変なことになっていた、ということだ。さて、この火事だが、普通の火ではないな。妖（あやかし）の気配を強く感じる。捜している怪異が出没したのかと駆けつけてみたが、どうやら違うようだ。お前、火が起こる前に何か見なかったか？」

言われて、脳裏に浮かんだのは厨房の窓から転がり込んできた、火の玉のことだ。火の玉の真ん中にあった不吉な老女の顔を思い出しただけで、ぞっと背筋が寒くなる。

「あ、あのっ……」

言おうとしたところで、喉（のど）から出そうになった言葉を呑（の）み込んだ。

店主たちからはでたらめだと言われ、火を点けた責任から逃れたいがための戯言だとなじられた。彼も、きっと同じだろう。あんな化け物、言ったところで信じてもらえるはずなどない。多恵自身も、本当に見たのかと自分の記憶を怪しみたくなるくらいなのだから。

しかし、青年はじっと多恵を見つめていた。

「見たものをそのまま言ってくれるだけでいい」

その声は平坦で、多恵を責めたり疑う調子は感じられない。ただ、真実を知りたくて尋ねているだけのようにも聞こえた。

ごくりと唾を飲み込むと、多恵は思い切って話し出す。

「火の玉を、見ました。厨房で昼定食の準備をしていたら、窓から転がるように入ってきたんです。真ん中に老女のような顔があって、ニタニタと嗤っていました」

彼は多恵の言葉を否定することもあざけることもなく、ただ、「そうか」と頷いて視線を燃える定食屋に移した。

そのとき、燃え盛っていた定食屋の建物がついに原形を保てなくなったのか、道路側へぐらりと大きく傾いた。客席のあった一階部分が大きく崩れたのだ。

支柱の一部を失った定食屋の建物は二階部分を支えきれなくなり、二階にあった住居部屋がそのまま道路の方へと転がるように落ちてきた。

多恵は定食屋から十尺ばかりのところに座り込んでいた。その多恵のところにまるで狙いすましたように二階部分が落ちてくる。

どこからか『ィヒヒヒ』と嗤う声が聞こえた気がした。老女の顔のついた火の玉の声だ。あいつの仕業にちがいない、多恵を狙っているのだと咄嗟に感じる。

しかし、多恵は動くこともできず、ただ目を見開いて固まるしかできなかった。

まるで時間が遅くなったかのように周りの情景がゆっくりと動いて見えた。

母と過ごした思い出の部屋が燃え盛る炎の巨大な塊となって多恵の前に迫ってくる。

（母さん……！）

こんなに早く母の下に逝くことになるとは思いもしなかったけれど、死を覚悟した。

その直後、目の前がふさがれ、誰かに抱きしめられたような感触があった。

それと同時に、すぐ頭の上を何か巨大なものがブンと風音を立てて横切る影が見える。

次いで起こった、すさまじい轟音と舞い上がる火花交じりの砂埃。

思わず目を閉じ何度か咳をし、多恵は自分がまだ生きていることに気づく。

ゆっくりと目を開けると、目の前にさらさらの黒髪が見えた。

あの軍服の青年だった。彼の腕の中に抱き留められるようにして多恵は地面に座り込んでいた。

顔を上げた彼と目が合う。彼の切れ長の目が多恵をみつめている。

「大丈夫だったか？」

「……は、はいっ」

「そうか」

彼が身を挺して助けてくれたようだ。

礼を言わなければと思うのに、顔の近さにどぎまぎしてしまって上手く言葉が出てこない。

そこに、あわただしい足音がひとつ聞こえてきた。音の方へ目を向ければ、背の丈が六尺は軽くありそうな大柄の男がこちらに駆け寄ってくる。彼も軍人のようで、年の頃は目の前の青年と同じくらいに見えた。

大男は呆れた口調で言い放つ。

「なにちんたらやってんねん。危うく燃えた建物の下敷きになるところやったやんか」

関西弁とともに彼が指さした先を見て、多恵はヒッと喉を鳴らした。

多恵のすぐ近くに、ぐしゃぐしゃに壊れた二階部分とおぼしき残骸が落ちていたのだ。ほとんどが炭化して黒くなり、まだあちこちに火が残っている。

建物の崩壊に巻き込まれずに済んだのは、奇跡に思えた。

その壊れた建物の残骸の中に、赤く塗られた鉄の塊のようなものも見えた。

「何を投げた？」

抑揚のない声で尋ねる青年に、大男は肩をすくめた。

「そこにあった蒸気ポンプ。あれくらいの重量がないと、家なんて吹き飛ばせへんからな。あー、難儀やったわ」

大男は疲れた様子で片腕を回した。

どうやら、多恵と青年の上に倒れ掛かってきた定食屋の二階部分を、大男はあの蒸気ポンプを投げてはじき飛ばしたらしい。

人間技とは思えない。わけがわからなかったが、実際に多恵は無事だし、傍らにはぐしゃぐしゃになった二階部分と蒸気ポンプが一体となって落ちているのだ。

定食屋はというと、二階部分がなくなり、一階も道路側は半壊してしまっていた。辛うじて一階の奥側だけが燃えながら建っている状態だ。

青年は多恵の身体を離すと、燃え盛る定食屋に向かい合うように立つ。

胸ポケットから何やら紙切れを取り出した。見慣れない文字がたくさん書きつけられた縦長の紙だ。青年はその紙を細かく千切りながら何かブツブツと呟いたあと、ぱっと投げた。辺りに、紙切れが舞う。その紙切れが多恵の視界を遮るように落ちていき、全て落ち切ったとき、定食屋の屋根を転がる炎の塊が見えた。定食屋に火を点けたあの火の玉だ。

「……え？　え!?」

驚く多恵に、

「隠れていたからな。顕現させた」

青年がこともなげにいう。

火の玉の真ん中にある老女の顔が『イヒヒヒヒ』と不吉な声をあげて嗤っていた。

「……あ、あれ！　あれが、うちの店に火を点けたんです！……やっぱり、幻なんかじゃなかったんだ……」

思わず声をあげた多恵。信じてもらえるだろうかと一抹の不安が胸をよぎるが、青年と大男は驚きもせずに火の玉を見上げていた。

「やっぱりアイツちゃうかったな。そんなら早よ片付けて、とっとと帰ろうや」

大男はポキポキと指を鳴らした。

「ああ、あれは天火のようだな。それならすぐに討伐出来る」

青年は右手を前につきだし、何かを唱えながら次々に指を組み替えていく。

「ノウボ　バギャバトウ　ウシュニシャ　オン　ロロ　ソボロ　ジンバラチシュタ　シッタロシャニ　サラバラタ　サダニエイソワカ」

彼の声に惹きつけられる。決して大きな声ではないのに、耳が彼の声を少しでも拾おうとする。意識を向けたくなる。

すると、今日は雪など降っていなかったはずなのに、どこからともなく雪がちらつき、空っ風に乗って辺りを舞いはじめた。よく見ると雪にしては軽やかで、うっすらと桃色がかっている。

着物の袖についたソレを見て、多恵は驚いた。

（……桜？）

袖についていたのは桜の花びらだったのだ。

いまは冬。しかも寒さ厳しい日が続く真冬で、桜が狂い咲くようなぽかぽかした陽気の日などここしばらく覚えがない。

だが、間違いなく桜の花びらが辺りを舞っていた。まるで青年の声に合わせて踊るように。

すると、どこからともなく声が聞こえてくる。

『なんであの店だけ、あんなに繁盛してるんだ』

『あの店のせいで、うちの商売あがったりだ』

『羨ましい。憎らしい。なんであの店だけ』

『あの店さえなければ……』

怨嗟の籠った声だった。男に女、老人に若者、いろいろな声がある。どこかで聞いたことのある声も多かった。

だがどれだけ辺りを見回しても、見えるのは青年と大男と自分の三人だけ。

声はまるで桜吹雪とともに遠くなったり近くなったりしながら聞こえてきた。

きょろきょろと辺りを見回す多恵のそばで大男がしゃがみこみ、ポンと多恵の肩を叩く。

「これは聖が得意な妖術や。妖や人の本性を暴くことで捕らえるんや。この声はあれな、店が繁盛しとるんを妬む声やろ。それが瘴気となって集まり、天火を呼んだ。天火は瘴気を呑み込んだせいで店に悪意を持って火を点けたんや」

「妬み……？　で、でも私も母さんもそんなこと……」

多恵はうろたえる。人に妬まれるようなことをした覚えはなかった。母は常に客や商店街の人たち、食材を売ってくれる棒手振りたちなど周りの人たちに感謝して過ごすようにと口を酸っぱくして言っていた。

近隣に冠婚葬祭があれば真っ先に手伝いに行っていたし、お金のない人には無料で定食を振舞うこともあった。

それがなぜ恨まれて定食屋を燃やされることになるのか。

多恵は、無意識に自分の着物をぎゅっと握りこんでいた。

そんな多恵に大男はにこっと人懐っこい顔で笑う。

「あんたらが悪いんちゃうて。このあたりは人が多いからな。瘴気も集まりやすかったっちゅうだけや。でも、天火はオレらが責任もって処理するから安心してな。ほら、いま聖が捕らえたで」

大男は、半壊した定食屋の屋根を指さす。

いつの間にか、屋根の上をころころと転がりながら不吉な嗤い声をまき散らしていた火の玉は動きを止めていた。周りに沢山の桜の花びらがあつまり、まるで花びら一枚一枚が意思を持っているかのように火の玉を押さえ込んでいた。

聖と呼ばれた軍服の青年は火の玉に鋭い視線を向けたまま、腰に挿した軍刀を抜く。刀が陽を受けて鈍い光を放った。

その刀身は、根元から半分ほどがどす黒く墨で塗りつぶしたように黒ずんでいた。多恵も刀を見るのは初めてではなかったが、その刀身を見たとき、ぞっと背筋が粟立つような恐ろしさを覚える。なぜだかわからない。でもとても不吉で禍々しいもののように感じられたのだ。

抑揚の薄い声でこちらを見ることもなく聖が言う。

「大悟。手を貸せ」

「あいよ」

大男は大悟というらしい。彼は愛想よく返事をすると、聖の前に立った。

大悟が両手を組んで、聖はそこに右足をかける。

「いくで！」

「ああ」

短く声をかけあうと、聖は大悟の手を踏み台にして高く真上に跳んだ。大悟が思いっきり彼を手で押し上げたのだ。

聖は二階建ての定食屋よりも高く跳びあがると、桜の花びらに絡まれて動けなくなっている火の玉に向けて手に持っていた軍刀を真っ直ぐ投げた。

刀が火の玉のど真ん中、老女の顔を貫通すると、火の玉は水でもかけられたようにしゅるんと消えて花びらが舞い散る。刀はそのまま建物の向こう側に落ちたようだった。

聖はくるんと空中で一回転すると身軽に地面へと降りてくる。

着地するときに膝を曲げて衝撃を和らげたようだが、あんなに高いところから落ちて大丈夫かと多恵は内心ハラハラしていた。しかし、彼は怪我一つなくすくっと立ち上がり、再び定食屋の屋根を見上げた。

「落ちたな」

「ばっちりや。ちょっと刀、とってくるわ」

「ああ、たのむ」

大悟が定食屋の裏に落ちた刀を拾うために駆けて行った。とはいえ、ここは建物が密接して立つ商店街。反対側にまわりこむにはかなり迂回しないといけない。

あっという間に小さくなっていく大悟の背中を見送っていると、聖がぽつりと言うのが聞こえた。

「火を出していた妖は始末した。これでようやく、まともに消火できるだろう」

「よかった……」

多恵はほっと胸を撫でおろす。いままでどれだけ蒸気ポンプで水をかけても火の勢いは収まらなかった。空っ風が吹き付けるせいだと思っていたが、あの火の玉のせいだったのだと腑に落ちた。

「あ、でも蒸気ポンプが……」

そういえば、頼みの綱の蒸気ポンプは先ほど大悟が焼け落ちてきた建物を弾くために投げ飛ばしていたことを思い出す。瓦礫に目をやると、蒸気ポンプはどう見ても稼働しそうにないほど破損していた。

「ああ、まぁ、そこはうちで何とかしておく。すぐに他の消防組のポンプも届くだろう」

聖も鉄くずのようになった蒸気ポンプに目をやって少し罰が悪そうに言うと、

「さて、そろそろいいな」

パチンと指を鳴らした。途端に、ざわざわとした喧騒が戻ってくる。

いままでどこにも姿が見えなくなっていた野次馬たち、走り回る消防組の人たちが目の前に突然現れたように思えて、多恵はぎょっと身をすくめる。

「結界だ。妖を始末するのを見られると面倒だからな。消えていたわけじゃない。お互いに見えなくしていただけだ。本当は部外者は結界には入れないんだが……」

聖が言いよどむ声は、履物屋の男の「あ！　どこいってたんだ！」という声でかき消された。

多恵と聖から少し離れたところに、履物屋や近隣の店の店主たちが集まっていた。

彼らは多恵の姿をみつけるやいなや、すぐに駆け付けて再び多恵を取り囲んだ。

それと同時に再び罵声も次々に飛んでくる。

「どこ逃げてんだい！」

「逃げたって、どこまでも追いかけて賠償させてやるからな！」

「すぐ女衒を呼んでやる」

責め立てる声。怒りの目。いまにも握った拳で殴られそうな勢いだ。

多恵は泥だらけの地面に土下座した。

「もうしわけありません。もうしわけありません。必ず、賠償しますから。必ず」

震えながら、そう繰り返すしかなかった。

履物屋の男が多恵の腕を摑んで無理やり立たせようとしたとき、それまで静観していた聖が手で制する。軍服姿の相手に手を出されて、履物屋の男はそれだけでひるんだ。

「な、なんですか、軍人さん」

うろたえながらも尋ねる男に、聖は確認するように聞き返す。

「お前たちは補償がほしいんだな」

「あ、あたりまえじゃないですか。店を立て直す金と当座の生活費がなけりゃ、首くくるしかねぇんだ」

聖は腕を組んで、何かを考えるそぶりを見せた。多恵も、どうしたんだろうと顔を上げると、彼と目があった。なぜか彼がじっとこちらを見てくるので目が離せないでいたら、聖の口からとんでもない話が飛び出した。

「ふむ。それなら、うちで全額を補償しよう」

「……へ？」

言われた意味が理解できなかったのか、履物屋の男はぽかんと口を開けた。

「だから、今回の火事で燃えた全ての店舗の再建築費と家財道具、当座の生活費の面倒をみると言っているんだ」

なんでもないことのように言ってのける聖に、履物屋の男はいまいち話が呑み込めず、半信半疑で聞き返した。

「え、あ、あの、あなた様がですか？　それとも、どこかのしかるべき役所に働きかけてくれるんでさ？」

それに対して聖は、

「いや、うちで全額みる。私は鷹乃宮家当主、鷹乃宮聖だ。うちの家名にかけて全額補償しよう」

きっぱり断言した。

「う、嘘じゃないよな。いや、軍人さん。あんたを信用しないわけじゃないんだが、あまりに調子がいい話で信じきれなくてよ。なんか証明するもんとかないのかい」

履物屋の言葉に、聖は胸元から煙草入れのような革製の小袋を取り出す。中を開けると煙草ではなく、小さな紙の束が入っていた。たしか、『名刺』とかいうものだ。彼はそこから一枚の名刺を取り出して、裏に万年筆で何やら書きつけると男に渡した。名刺には立派な家紋が印刷されていた。

「これをうちの屋敷にもってくるがいい。家のものに話をつけておく。被害明細を出せばそれに見合う金銭を面倒見てやろう」

履物屋と他の店主たちは名刺を見つめて、裏をひっくり返したり家紋を眺めたりした。

そして、数分遅れてようやく聖の申し出を理解した店主たちは、わあぁああ！　と歓声をあげる。多恵は何が起こっているのか分からず、歓喜にわく店主たちと聖を交互に見るしかできないでいた。

聖は、そんな多恵にすっと視線を戻すとよくとおる声で告げる。

「そのかわり、一つ条件がある。そこの娘、お前は私の屋敷にくるんだ」

喜び合っていた店主たちがピタリと黙って、いっせいに多恵を見る。

その目には「まさか、断らないよな？」という無言の圧力が感じられた。逆らえば、今度こそ何をされるかわからない。

頬をひきつらせたまま、多恵はこくこくと頷いた。

それを見て、店主たちは再び盛大に喜びあった。もう多恵のことなど興味もないようだ。

一体何が起こったのか、多恵自身さっぱりわかっていなかった。

(お屋敷に来てくれって、どういうことだろう……。もしかして、女中として働けってことなのかな)

きっと、賠償金を働いて返せと言うことなのだろう。だとしたら、身を粉にして働くしかない。そう心に決めた。いや、決心する以外に選択肢などなかった。

聖が黙って手を差し出してきたので、多恵は少し逡巡したあと、彼の手を取った。ひっぱりあげられるようにして立ち上がる。

「さあ、いくか。もうここには用はないだろう」

聖に言われ、多恵はあらためて定食屋に目を向ける。火の玉の化け物を聖が成敗してくれたおかげか、それまでの業火が嘘のように消火作業は順調に進んでいる。定食屋の建物は、もはや炭化した骨組みが残るのみになっていた。母との思い出のつまった調理器具も、店も、数少ない雑貨も、母がつくろってくれた古着もみな燃えてしまった。

残っているのは、多恵の身一つだけだ。でも、母との思い出はいまも多恵の心の中にぎゅうぎゅうに詰まっている。

多恵は胸に手を当てて自分が育ったこの場所に「いままで、ありがとう」と心の中で別れを告げると、聖に視線をもどしてこくんと頷いた。

そのとき、通りの向こうから大悟が聖の刀を手にして戻ってくるのが見えた。しかも驚いたことに、自らも黒毛の馬に乗りつつ、器用にもう一頭白馬の手綱も引いている。

大悟は多恵たちのところまでくると、刀を手に持ったままひょいっと馬から降りた。

「そろそろ撤収やろ？　馬もつれてきたで」

「ああ、助かる」

大悟が聖へ刀を渡すと、受け取った聖はするりと鞘に戻した。とても綺麗な所作だ。

多恵は、刀身が鞘に納まるまで無意識に刀を目で追っていた。あの刀を見ているとなぜか落ち着かない気持ちになる。ぞわぞわと底知れぬ怖さが湧いてきてしまって、目を逸らしたいのについそちらに視線がいってしまうのだ。刀がチャリと音を立てて鞘に納まるのを見届け、ほっと安堵した。

一方、刀を仕舞った聖は大悟に顔を近づけると、そっと何かを耳打ちした。

多恵には聖が何を言ったのか聞こえなかったが、次の瞬間、大悟はとても驚いた顔をした。そして、ぎょっとしたように多恵をまじまじと見たのだ。

「え、ほ、ほんまに!?」

大悟が啞然とした様子で聖に問うが、聖はすました顔で「ああ」と返すだけだった。

多恵は、なぜ彼がそんなに驚いているのかわからず、とりあえず愛想笑いを浮かべて小首をかしげる。もしかして、多恵の損害金を肩代わりしてくれるという話を彼にしたのだろうか。そのため聖の屋敷で奉公することになった多恵を訝しく思っているのかもしれない。

（……当然だよね）

どれだけ身を粉にして働いたとて、一生かかっても返せるかわからない金額を肩代わりしてもらうことになったのだ。多恵は肩身を狭くしながら、俯いた。

「ほんまにほんまなん!?　冗談じゃのうて!?　いや、お前はそんな冗談言うやつちゃうか。そやけど、ほんまに、それでいいん!?」

大声で聖に問いただす大悟だったが、聖は静かに、けれど強い意志の籠った声で返す。

「いいんだ。もう決めた。それより、俺は彼女と戻るから。お前は先に屋敷に戻ってうちの者たちにいろいろ整えるように言っておいてくれ」

大悟はまだ何か言いたそうに多恵を見ていたが、

「わかった。聖がこうと言い出したら、変えるわけないもんな。先、帰っとくわ。聖、それと、ええと、なんっちゅう名前やったっけ」

大悟に聞かれ、多恵はまだ二人に名前を言ってなかったことを思い出す。

「多恵です！　直来多恵って言います！　よろしくお願いします！」

ぺこりとお辞儀をする。あわただしく三つ編みが揺れた。

「多恵ちゃんか。これからもよろしゅうな」

大悟はにっこりと笑顔で多恵に言うと、

「ほな、オレは先に戻ってんな」

聖に短く言葉をかけ、再び黒馬にのって通りを去っていった。すでに火事の炎はほとんど鎮火しつつあったが、まだ野次馬はどんどんやってくる。

その混み合う通りを大悟は巧みな手綱捌きで駆け抜けていく。すぐにあの大きな背中が見えなくなってしまった。

「俺たちも戻るか」

聖はそう言うと多恵の後ろにまわり、背後から不意に多恵の腰のあたりを両手で挟むように摑んだ。

「きゃっ!?」

そのうえそのまま抱き上げられて足が浮きそうになり、慌てた多恵は思わず両手をばたつかせる。

「暴れるな。馬に乗せるだけだ」

肩越しに聖の冷たい声が聞こえる。

そこではじめて、彼は多恵を馬に乗せようとしているのだと気づいた。

白馬もお行儀良く、二人の真横で人が乗るのを待っている。

てっきり、自分は馬の後について歩いていくものだと思っていた多恵は狼狽えた。

「え？　う、うま!?　で、でも私、馬にのったことなんてありません！」

こんな背の高い生き物に乗るだなんて想像するだけでもおっかなかった。

「お前だけ徒歩で連れていくわけにもいかないだろう。乗せるぞ」

有無を言わせない聖の言葉に、多恵はひっと首をすくめる。抵抗が止まったことで了承ととったのか、聖は多恵の腰を摑んだままひょいっと高く持ち上げた。多恵の視線がぐっと高くなる。

「ほら、馬の背に両手をついて跨るんだ」

「ひやっ」

視線が高いだけでもおっかないのに、目の前の馬に跨れと聖は言うのだ。

多恵は泣きそうになりながらも、必死に馬の背に手をついて、よじのぼるように跨った。

なんとか馬の背に乗ると、すぐにその後ろへ聖が乗ってくる。

足がぶらつく不安定さを心細く思っていたら、聖がさりげなく多恵の腰に手を回した。

さっきから腰のあたりを持たれてばっかりだ。

支えてくれているのだ、そうわかっていても心が落ち着かない。

「行くか」

「は、はいっ」

大悟とはちがい、聖は馬をゆっくりと進ませる。通りにまだ人が多く出ているせいかと考えるものの、ふと、もしかして多恵を不安がらせないようにするためかもしれないと思い立つ。しかし、すぐに心の中で否定した。

(まさか、そんな……ね……)

さっきまで大事な定食屋が燃えてしまって絶望の淵にいたというのに、いまは軍人さんに支えられて白馬にのっていることに、なんとも現実感がなくて心がふわふわしてしまう。

馬に揺られているといつしか二人は大きな屋敷が並ぶ界隈にきていた。

ほとんど下町から出たことがない多恵は、周りの屋敷の大きさに驚いていた。

しかも、聖はなんの迷いもなく、一際大きな屋敷の前までやってくる。

馬車が並んで通っても支障ないほどの立派な門構え。門に屋根瓦がふいてあるのを多恵は初めて見た。門の周りには、純白の壁がずっと遠くまで続いている。

そういえば、聖は自らの名字を『鷹乃宮』と名乗っていたのを思い出す。まず庶民ではなさそうな名字からしてもきっと立派なお家柄なんだろうなと思っていたが、まさかここまでとは想像だにしていなかった。

その大きな門を、聖は馬に乗ったまま潜り抜けた。門番らしき男が恭しく頭を下げている。

門を抜けても玉砂利を敷いた道が続き、両側によく手入れされた植木が林のように連なっている。

玉砂利の道の先には、堂々とした日本家屋が佇んでいた。その表玄関の前に、十人ほどが並んでお辞儀をしている。男女半々くらいだ。みな和服姿で女性たちはこの屋敷の女中、男たちは下男のようだった。

聖は表玄関の前までくると馬を下り、次に多恵を支えて下ろした。

すぐに先頭にいた白髪の女性が聖の前に進み出る。薄緑色の無地の紬を着たかなり年配のご婦人だったが、背筋がピンと伸びて身のこなしに気品が漂う。

「聖様……いえ、御館様、大悟さんから話はお聞きしました。いったいこれはどういうことなのでございますか!?」

女性は明らかに動揺している様子で聖に言い募る。そして、聖の後ろで小さくなって控えている多恵へ目をやると、露骨に眉をひそめた。

（女中の中でも一番位の高い方かな。今日からこの屋敷で働く予定の私があまりにみす

ぼらしいので嫌になったんだろうな）

　今の多恵は、消火の水でぬかるんだ地面に土下座したせいで無惨な程に泥で汚れており、着物もどろどろだ。

　顔も何度か泥のついた手で拭ってしまったので、きっと酷い有様だろう。

　しかし聖は多くは語らず、

「大悟が伝えた通りだ。お常。彼女を風呂に入れてやってくれないか」

　表情ひとつ変えずに彼女に言った。

　お常と呼ばれた女性はもう一度多恵のことをまじまじと上から下まで見ると、

「わかりました。いま、湯浴みの準備をさせます。さあ、みんな自分の持ち場にもどって」

　パンパンと手を叩いた。他の者たちは聖に一礼してその場を去っていく。

　なんとなく多恵にも一礼していたようにも見えたが気のせいにちがいない。

「さあ、こちらにいらっしゃいませ」

「は、はいっ」

　お常さんに連れられて表玄関から屋敷へと入る。

（あれ？　なんでこっちから？）

　てっきり裏の勝手口へまわるのだとばかり思っていたのに、お常さんは表玄関のよく磨き上げられた上り框をあがって、そのままスススと長い廊下を進んでいく。

遅れをとって見失っては大変とばかりに多恵は急いで草履を脱いであり框にあがりかけて、足を止める。

(足袋も泥まみれだった！　ど、どうしよう……ううん、叱られてもしかたないか。泥で汚すよりましよ、うん)

急いで足袋をぬぐと、手に持ってお常さんを追いかけた。

しばらく小走りになってようやく彼女の背中をみつけてほっと息をつく。

この屋敷にはいくつも部屋や廊下があって、すぐに迷ってしまいそうだ。

廊下には高価な窓硝子がふんだんに使われている。窓硝子なんてほとんどお目にかかったことのない多恵には、室内にいるのに外の景色が見えることがなんとも不思議な心地だった。

その硝子戸から外に目をやると優美で広大な庭が見渡せた。手前に池があり、池の周りには様々な樹木が植えられていて、そのすべてが綺麗に剪定されている。さらに奥には蔵のようなものもいくつか見えた。どれだけの庭師が日々手をかけて整えているのだろう。

この屋敷にしたって、表玄関で見たときも随分大きな屋敷だと感じたが、中に入ってみると予想をはるかに超えて奥行きもあった。

時折すれ違う使用人の数も多い。この屋敷だけで一体どれだけの人間が働いているのか、多恵には想像すらつかなかった。

（これは働き甲斐がありそう）

ぼんやり考えていたら、突然お常さんがぴたりと足を止めたため多恵も慌てて立ち止まる。思わずお常さんの背中に鼻づらがぶつかりそうになったところで、彼女がくるりとこちらを向いたので、ひっと喉から変な声がでてしまった。

「もう湯は沸いておりますゆえ、こちらでお脱ぎください。いま、他の者も呼んでまいります」

至近距離なうえに真顔で言われたので、多恵の声もひきつったまま、

「ひゃ、ひゃいっ」

なんとか返すのが精いっぱいだった。お常さんが恭しく引き戸を開けてくれる。

中に一歩はいると、そこは脱衣所のようだった。服を脱ぐためだけの場所なのに、多恵が母と一緒に住んでいた部屋より遥かに広い。町にある銭湯の脱衣所なら人でごったがえすのだろうが、いまはぽつんと多恵一人しかいないのがなんとも心細かった。こうもだだっ広いと、どこにいていいのかわからなくなってしまう。脱衣所のすみっこで、着ている小袖の帯に手をかけてするりとほどいたときだった。

トントンという音とともに「失礼します」という声が聞こえた。

「へ？」

帯がほどけてぱらりと着物の前が開くのと、脱衣所の引き戸が開けられるのが同時だ

った。

たすき掛けをして袖をまくった女中たちが四人、どやどやと入ってくるのを見て、多恵は慌てて前を隠す。

だが女中たちは気にした様子もなく、揃ってぺこりと頭を下げた。

「私たちが湯あみのお手伝いをさせていただきます」

その言葉に、多恵は目をぱちくりさせた。

「え……えと、お風呂なら一人で入れます……が……」

なにゆえにこんなに人が集まってきたのかわからなかった。しかも、十八になったばかりの多恵とさほど歳の変わらない者たちばかり。手伝ってもらうのも気恥ずかしい。できれば、というか、断固一人で入りたかったのだが、女中たちは頑(かたく)なに譲らなかった。

「それでは御館様に叱られてしまいます。徹底的に綺麗にするようにと仰せつかっておりますから」

多恵もそこまで言われればそれ以上拒否することもできなかった。

脱ぐのを手伝ってもらうと、泥まみれの多恵の着物を女中の一人がどこかへ持っていこうとした。

「あ、あの！　それは捨てないでほしいんです！」

あまりの汚さに捨てられてしまうのかと心配になったが、女中は着物を大事そうに胸に抱えて軽く頭を下げると柔らかく微笑んだ。

「心得ております。洗濯して干しておきますね」

「え、で、でも、自分でできますからっ」

まさか先輩にあたる女中に自分の古着を洗わせるなんてもってのほかだ。しかし、彼女はそのまま有無を言わせぬ笑みを湛えて、フフフとその場を去ってしまった。

なにがなんだかわからない。その間にも多恵の三つ編みはきれいに解かれる。泥がついて固まってしまったところも、椿油をつけた櫛でやわらかくほぐしたあと風呂場へと連れていかれた。

(これが、お風呂ですか!?)

目を見張った。風呂屋をやっているのかと疑いたくなるほど大きな湯船には、真新しい湯がたっぷりと張られている。しかもその大きな浴槽はすべて新しい木材でつくられており、なんとも爽やかな香りが漂っていた。

そこで多恵はあれよあれよと三人の女中たちに丁寧に洗われて、磨かれた。何やらいい香りのする乳液を身体に塗られ、清潔な襦袢を着させられる。

それで終わりかと思えば、今度は脱衣所の端に置かれた鏡台の前に座らされて髪を梳かれ再び三つ編みに編み上げてもらった。

そのうえ薄く化粧を施され、さらに別の女中がどこからともなく持ってきた薄桃色の上等な着物を襦袢の上に着させられる。

そのころになるともう多恵の頭の中は疑問符ばかりになっていた。

　なぜ女中の身にすぎない自分、それも多額の借金のカタとして働くことになった一番身分の低い女中になるはずの自分が、こんなにも手をかけて綺麗にしてもらい、そのうえ値段の見当もつかないほど上等な着物に着替えさせられているのだろう。

　混乱しているうちにもどんどん身づくろいが整っていく。気がつけば鏡の中の多恵はまるで良いとこのお嬢様のような姿に生まれ変わっていた。

「可愛くなられましたよ」

「ええ、とっても」

　女中たちもなぜか得意げだ。

「ささっ、御館様がお待ちです」

　再び女中たちについて長い廊下を歩き、くねくねと幾度も曲がって自分がどこにいるのかわからなくなってきたころ、とある部屋の前にたどり着いた。

　女中の一人がトントンとノックをする。

「お連れしました」

　声をかけると、中から「入れ」と男性の声が返ってきた。

　ドアを開けてもらい中に入ると、そこは洋間だった。

　大きな窓から冬の静謐な陽が差し込んでいる。室内には、低い卓を囲む形で両側に長椅子が置かれていた。その長椅子の奥の席に、白い立襟シャツに紺のズボンを穿いた洋装の男性が座っている。

一瞬遅れて、それが聖だとわかった。初対面が軍服姿だったため、すぐにはわからなかったのだ。

「こっちへ座ってくれ」

反対の席を手で示され、多恵はぺこりとお辞儀をすると長椅子へ近寄る。

そのとき、彼の傍らにあの軍刀が置かれているのに気づいて、一瞬どきりとして足が止まった。

定食屋には軍人さんもときたま来ていたし、中には軍刀を持っている人もいたのだが、いまのように恐ろしさを感じることなどなかった。それなのに、なぜか彼の持つあの軍刀だけはどうにも苦手だった。

「どうした？」

訝しげにする聖に、まさかその刀が怖いですなんて言えず、すぐに長椅子へと腰を下ろす。

座るとすぐに、聖はすっと一枚の白い紙を差し出した。そこには何やら枠がいくつも印刷されている。見たことのない書類に多恵は目をぱちくりとさせたが、一番上のところに書かれていた文字を見て目を見張った。

『婚姻届』

はて。一体誰が結婚するのだろう。不思議に思っていると、聖は紙の横に万年筆を置いた。持ち手は多恵の方を向いている。

「これに署名をしてほしい。それが、火事の損害金をすべて肩代わりする条件だ」

聖はまったく表情を動かさず、相変わらず抑揚が薄く冷たさすら感じられる声で告げる。

多恵は、喉の奥に餅でもつまったかのような苦しさを覚えた。驚きのあまり、数秒息をするのを忘れていたのかもしれない。

ごくりと唾を飲み込んで、ようやく声が出せた。

「こ、婚姻届って、どういうことでございますかっ!?」

多恵が声を荒らげると、今度は聖が目を見開いた。

「お前、字が読めるのか?」

町娘だと侮られていたことに気づき、かっと顔が熱くなる。多恵は、キッと強い瞳を聖に向けた。

「母が、商売人は読み書きそろばんができないとだめだと言って、幼いころから仕込んでくれました。わからないと思って、勝手に誰かと結婚させようとしたのですか!? 身売りなのだと知っていれば、ついてきたりしなかったのに!」

両目に涙が滲んだ。悔しかった。何も知らない小娘だと思われて、この届に名前を書かせて勝手にどこかへ売り飛ばそうという魂胆なのだろう。

やっぱりうまい話なんてない。安易に、ひょいひょいと知らない相手についてきてはだめだったのだ。損害金は自分で働いて返そう。それしかない。

多恵は右腕で涙を乱暴に拭うと、すくっと立ち上がる。

「お風呂貸してくださって、ありがとうございました。失礼します」

そのまま部屋から出ていこうとしたが、後ろから聖の声が引き留める。

「どこへ行く？　行くあてはあるのか？」

ぎくりとして多恵は足を止めた。

本当のことを言うと、まったくない。母からは親類縁者がいるという話も聞いたことがないし、父の存在は生まれたときから知らない。母も父についてはほとんど話したことがなかったから、多恵の方からも聞くことはないまま母は亡くなってしまった。

唯一母が残してくれた定食屋もいまは炭と化している。少ないながらも貯めていた売上金も燃えてしまった。つまり、今日寝る場所もないし、一銭すら手元にはないのだ。

後ろから聞こえる聖の声が、とても冷たく思えた。

「町の人たちへの賠償はどうするんだ。お前一人で払えるのか？」

払えるわけがない。一生かかったって到底払える金額ではないだろう。それがわかってて、この人はあえて聞いてくるのだ。現実を突きつけて、多恵の心をくじくために。

（逃げるつもりなんてないもの……）

町の人たちの顔が脳裏に浮かんだ。火事があったあと激しく詰め寄られたが、みな多恵が幼いときから付き合いのあった人たちだ。多恵たちの店の料理を美味しいと言ってよく食べに来ては、雑談に花を咲かせる気安い間柄だった。

そんな彼らの家も店も家財道具も、多恵の店から出た火事により失わせてしまった。そのことが何より、多恵の心に痛みとなって突き刺さっている。

彼らのことを思うと、たとえどんな未来が待っていようが逃げ出すことなんてできなかった。

多恵はぐっと拳を握ると、腹を決める。一度は、女衒に売られることも覚悟した身だ。たいして変わりはしないじゃないか。

多恵はかたい表情のまま、再び長椅子に座った。

「わかりました。どこの誰ともしれませんが、婚姻を結べばいいんでしょう!? それで町のみんなの生活は保障してもらえるんですよね!」

不安に押しつぶされそうになる気持ちをなんとか奮い立たせようと、自然と声が大きくなる。

しかし多恵の剣幕をよそに、聖の態度は淡々としたものだった。

「別にお前を身売りさせるつもりはない。これは確かに婚姻届だが、夫となるのはこの俺だ。俺と仮の契約結婚をしてほしくてお前をこの屋敷に呼んだんだ」

「……へ?」

聖の話が聞こえているのに、頭の理解がついていかない。なぜ、こんな巨大な屋敷を構えて多くの使用人を傅かせている、お金も地位もありそうな目の前の青年が、自分のような天涯孤独の町娘と結婚しようというのだろうか。

しかも、聞きなれない言葉に思わず多恵は聞き返す。

「契約結婚、ですか？」

「ああ。俺と形だけ夫婦だということにしてほしい。十年でいい。もしかしたらそれよりもっと短く済むかもしれない」

「十年……？」

「長くてもだ。それと、これから俺が話すことは他言無用で願いたい」

彼の表情が、わずかに歪む。店の手伝いで沢山の客を見てきた多恵は、それがとても気になった。

それまで完璧なまでの無表情で鋭さや冷たささすら感じさせていた彼が、急にどこか酷く儚げに見えた。

前にも同じような儚げな表情をしている客を見たことがあった。それは若い女性だったが、店で一番高い定食をいまにも泣きそうな顔で黙々と食べていたから妙に記憶に残ったのだ。その翌日、彼女は近くの川で変わり果てた姿で浮かんでいた。夜半に夜釣りをしていた釣り人の証言から身投げではないかと噂されていた。

もし彼女が定食を食べていたあのとき、声をかけていたら何か変わったのだろうか。何も変わらなかったかもしれない。でも何もできなかったことが、いまもチクリと胸の中に小さな棘となって刺さり続けている。

なぜだろう。あのときの彼女の表情と、目の前の聖の表情が重なった。

聖は静かに自分のことを語りだす。

「まずは俺のことから話すとするか。俺は鷹乃宮聖という。歳は二十四。現在は、帝国陸軍の近衛第四特殊師団に所属しつつ、陸軍大学校にも通っている。あの火事の現場には、特四が追っているとある怪異の仕業ではないかと思って駆けつけた。結果は違ったみたいだがな。母は俺が幼いときに他界した。父は二年前に失踪（しっそう）して、俺がこの鷹乃宮家を継ぐことになった。きょうだいはいない」

さらに聖は、この鷹乃宮家が平安時代から朝廷に使えていた公家（くげ）の末裔（まつえい）で、いまは侯爵の位をさずかっていることも教えてくれた。

「侯爵様、なのですか……？」

「位だけはな。父が突然行方知れずになって、俺しか後継がいないためにそのまま引き継いだ。鷹乃宮家の直系は俺だけになってしまったが、分家の人間は沢山いる。そのほとんどが軍部や政治の中枢で職を得ている。……それで契約結婚の話に戻るが、その分家連中が早く跡取りを作れと再三言ってくるのを誤魔化すために、いまだけ婚姻している形にしたいんだ」

分家に跡取りを望まれるというが、それはそうだろうなと多恵も内心思う。これだけの屋敷があるということは、継いでいかなければならないものも沢山あるのだろう。商店街の町民たちですら、跡取りをどうするかと悩む話は多く耳にした。息子がしっかり跡を継いでくれたり、良い青年を跡取り息子に迎えられれば安泰だと喜んだものだ。

多恵の母もいずれは誰か良い青年と一緒になって店を守っていってほしいと言っていた。もうそれは叶わないことにきゅっと胸の奥が痛くなるが、ふと聖に視線を戻すと彼もどこか辛そうな顔をしていた。

「実のところ、俺はもうこの血を次の世代に継がせるつもりはない。できれば鷹乃宮家自体を解体したいと思っている。でもまだそれには時間がかかる。だから、それまで世間と分家を欺くために形だけ結婚したということにしたい。期間は最長でも十年。おそらくそれより短くなるとは思う。契約のあかつきには、火事での損害金すべてを鷹乃宮家でみよう。そのうえ、離縁したあとは責任をもって良い縁談をさがすし、離縁金も払う」

聖はそこで、傍らに置いた書類綴じからもう一枚の紙を出して婚姻届の隣に並べて置いた。頭に『契約書』とあるその紙には、いま聖が言った条件がすべて書かれている。さらに、そこに書かれていた離縁金の金額を見て多恵は固まった。

ゼロが沢山あって、数えきれなかったのだ。指で押さえながら声に出していく。

「いち、じゅう、ひゃく、せん、まん……二萬円⁉」

見間違いじゃないかと思って、もう一度ゼロから数えていくが何度数えても二萬円だった。多すぎて、実感がまったくわかない。多恵の店の定食はほとんどが十銭だ。百銭が一円となるので、一円で十食食べられる。二萬円なら、

「定食、二十萬食分⁉」

わけがわからないほどの大金だった。

「それだけあれば、生涯くらしていくのに不足はないだろう」

聖はあっさりと言う。

「火事の損害金、こんなに必要ないかもしれないじゃないですか!?」

てっきりこの離縁金の中から火事の損害金を払うのだと考えた多恵だったが、聖は「いや」と言葉を続ける。

「損害金は実費負担する。つまり、それとこの離縁金は別ということだ」

あまりの金額に多恵は頭がくらくらしそうだった。

「足りないならもっと出してもいいが？」

戸惑いのあまりそれ以上言葉が出ない多恵を聖は金額が不服だと思ったのか、さらにふっかけてきた。

「い、いえっ！　これでももう過ぎるくらいですっ！」

「じゃあ、契約成立でいいんだな」

契約成立……ここで、婚姻届に名前を書けば、多恵は目の前の侯爵様と結婚することになる。そうなれば、仮にも侯爵夫人と呼ばれる立場になるのだ。それがどういうことなのか、実感としてはさっぱりわからなかった。

ただ、数時間前に出会ったばかりの単なる町娘にすぎない自分にそこまでして契約結婚を望んでくるだなんて、そこにはまだ何か多恵には窺い知ることのできない深い事情がある気がしてならなかった。

それに、この契約結婚の申し出を呑まなければ、多額の損害金を支払うあても、今晩夜露を凌ぐ場所すら多恵にはないのだ。

「わかりました」

一言、短く言うと多恵は万年筆を取った。

そして婚姻届の新婦の欄にさらさらと自分の名前を書きつける。契約書の方にも名前を書いたあと、これでいいのかと聖を見る。

「すまない。この恩は一生忘れない」

聖は嚙みしめるような言葉を吐くと、多恵が渡した万年筆で婚姻届と契約書に署名をした。

二つ並んだ名前。これを役場に提出すれば、二人は正式な夫婦だ。

(母さん、どうしよう。私、この人の妻になっちゃったよ……)

母も草葉の陰で驚いていることだろう。いい人と結婚できればと願っていた母だったが、まさか帝国軍人で侯爵なんていう雲の上の人と結婚するなんて思ってもみなかったことだろう。多恵自身も、数時間前まで自分がこんなことになるとは想像すらしていなかった。

聖は書類を確認すると、人を呼んだ。すぐに、三つ揃いをきっちり着込んだ中年の男性がやってくる。聖は婚姻届は役場へ、契約書は弁護士に渡すように彼へと命じた。彼は聖の秘書か執事のようだ。書類を受け取ると、聖と多恵に軽くお辞儀をして部屋を出て行く。

それを見届けて、聖はふぅと小さく息を吐きだした。肩の力が抜けて、心底安堵(あんど)したように見えた。

改めて見てみると、本当に男前な人だなとしみじみ感じる。

ひきしまった精悍(せいかん)な顔つきに、涼しげな目元。背も高く、体軀(たいく)はほどよく引き締まっていた。軍服姿も凛々(りり)しくて素敵だったが、洋装のシャツ姿も良く似合っている。きっと和服姿も恰好(かっこう)いいんだろうな、なんてそんなことを想像していた多恵だったが、聖は再び冷たさのある無表情で多恵に告げる。

「家の使用人たちには結婚のことは伝えてある。何かあったらすぐに俺に知らせてくれ。鷹乃宮家の当主の嫁になったからには、不自由はさせない。ほしいものがあれば、なんでも言ってくれてかまわない」

少し考えてみたが、ほしいものなんて思いつかない。望みを言うならば、もう一度定食屋を再開させてみたかったが、侯爵夫人の立場的にそれは叶いそうにないことくらい多恵にもわかっていた。

「夜露がしのげれば充分です。それより、その……これからよろしくお願いします。ふつつかものですが、精いっぱい契約嫁をつとめさせていただきます」

大真面目に言ったつもりなのだが、聖はわずかに苦笑を浮かべた。

「こちらこそ。祝言は、いずれはあげることになるだろうが、分家やあちこちとの調整があるからな。まだしばらく先になるだろう。焼け出されて私物はなにもないだろうから、すぐに一通りそろえさせる。ひとまず部屋に案内させよう。晩飯まで休め」

「は、はいっ」

ぺこりとお辞儀をすると、聖が呼んでくれた女中とともに部屋をでた。

迎えに来てくれた女中は、すらりと背が高く、黒髪を粋に結っているキリリとした美人だった。身分の高いお屋敷は使用人まで高水準らしい。

(それはそうか。これだけのお屋敷だもの。普通は使用人になるのだって大変よね)

きっと女中たちですら多恵よりも遥(はる)かに良い家柄の生まれの人たちばかりなのだろう。

そんなことを考えながら歩いていたら、女中はとあるドアの前で足を止めた。

「こちらが、奥様のお部屋になります。どうぞおくつろぎください」

女中はにこりともせず、こちらと目を合わせようともせずに必要事項だけを簡潔に述べる。その態度にはどことなく棘(とげ)があった。

聖は多恵が彼の妻になることを屋敷の人たちに知らせてあるとは言っていたが、納得なんてできないだろう。当主様のご乱心か⁉　と思いたくなっても、その気持ちは充分よくわかる。多恵自身だって、いまだにわけがわからないのだ。この屋敷にだって、女中として働くつもりでやってきたはずだったのだから。

「ありがとうございます」

多恵は丁寧に礼を言ってお辞儀をすると、ドアに手をかけて押し開けた。

そして、部屋の中を見て、すぐさまパタンとドアを閉めた。

「あ、あの……本当にこの部屋であってるんでしょうか」

女中は、何を言っているんだ？　この小娘はという目で多恵を見た。

「間違いありません」

「そ、そうですか……」

再び、そっとドアを開けて隙間から中を覗いてみる。何度見ても、同じだった。

目の前に広がるのは定食屋がそのまますっぽり入ってしまうのでは!?　というほどの広い洋室だったのだ。硝子窓からはやわらかな日が差し込んでいる。その中ほどに大きな寝台と、可愛らしい猫足の机と椅子。それに大きな鏡台が置かれていた。

驚いたのは、その洋室の奥には畳が敷かれた和室まであるのだ。

「え、えと、ここに何人くらい寝起きするんですか？」

念のため後ろに控えている女中に聞いてみるが、彼女は冷たく答える。

「奥様ひとりでございます」

（や、やっぱり……）

こんなに贅沢に部屋を使っていいのだろうか。いや、でもこれだけ広い屋敷なのだ。部屋なら沢山あるのだろう。

多恵はそっと部屋の中に足を踏み入れる。きょろきょろとお上りさんのようにあたり

を見回していると、

「それでは、夕食の際にまたお呼びに参ります」

そう告げて女中は部屋から出て行った。

一人で広い部屋に残されると、どこにいればいいのかわからなくなってしまう。

寝台に腰かけたら、想像以上に柔らかくてびっくりした。

そのまま、ぽすっと寝台に背中から倒れこむ。急にどっと疲れを感じて起き上がれなくなった。

(なんで、こんなことになっちゃったんだろうなぁ)

ようやく一人になれたことで、急に寂しさが募ってきた。

(母さん、ごめんなさい。私たちの店、なくなっちゃった)

物心ついてからずっと自分を育んでくれた大事な定食屋も、母との思い出の品の数々もなにもかもなくなってしまった。

あんなことになった以上、もう二度とあの商店街に戻ることもできないだろう。

仰向けになった多恵の瞳からはらりと涙が零れ落ちる。それを押さえるように両腕で顔を覆った。涙は止めどなく零れ落ちていった。

しかし、次から次へと予想外のことが続いて精神的にも身体的にも疲れていたのだろう。気が付くと多恵は泥の沼に沈み込むように深い眠りに落ちていた。

「奥様。奥様」

揺り動かされるのを感じるが、まだ心地よい微睡の中にとどまっていたかった。

「母さん、もうちょっとだけ……」

上掛けをひきあげて、むにゃむにゃと眠りにおちかけたところで、耳のそばで呆れた声が聞こえた。

「もうすぐ、御館様がご出発されてしまいますよ。お見送りに行かれた方がいいんじゃないですか？」

（あれ？　母さんより若い声だぞ。それに、御館様って誰だっけ？）

目を瞑ったまま、うーんと眉間に皺をよせて考えたあと、多恵ははっと目を覚ました。

「御館様!?」

がばっと跳ね起きる。寝台の脇には部屋へと案内してくれた女中が仁王立ちしていた。腰に両手をあてて見下ろしている姿がなんとも勇ましい。

一瞬、ここはどこだろうと視線をきょろきょろと辺りに巡らせた多恵だったが、頭がはっきりするにつれて契約結婚のことが思い出された。

そこではたと気づく。

夕飯になったら呼びにくると言っていたが、窓の外は鮮やかな陽の光が燦々と差し込んでいた。多恵が寝台で眠りに落ちてからそれほど時間が経っていないのだろうか。それにしては、ぐっすりと深く寝た実感があった。

「あ、あの……いま、何時くらいでしょうか」

おそるおそる、仁王立ちしたままの女中に尋ねると、彼女はハァッと露骨に大きな溜め息をついて壁を指差した。

その先に壁掛け時計が見える。時計の針は六時半を指していた。

「夕方の六時半？」

小首をかしげる多恵に、女中ははっきりと強めの声で言った。

「朝の六時半にございます！　奥様はあのあとずっと寝てらっしゃったんですよ！　夕飯の時にお呼びに来ましたがまったく起きてくださらなかったんです！」

「ひゃっ⁉」

つまりいままで熟睡して、晩御飯をすっぽかしたあげく朝になってしまったわけだ。

契約結婚とはいえ、夫の屋敷に来た初日の夜だというのに。

それはまずい。いくら仮初の夫婦といえど、それでは周りに疑われかねないではないか。

「おやか……じゃ、なかった。えと、聖、さん？　はいま、どちらに……？」

ついうっかり他の使用人たちと同じように聖のことを御館様と呼びそうになったが、すんでのところで言い換えた。

(危ない危ない。奥様が御館様って呼んでたらおかしいものね)

この契約結婚は大金が絡むのだ。多恵も他の者たちの前ではちゃんと妻然としてふるまわなければ。

「もう支度を済まされて出かけられるところです」

「わかった。ありがとう」

初日に寝こけてしまったのは申し訳なさすぎるので、せめて見送りに行こう。幸い寝巻きに着替えることなく寝てしまったので、いまの着物のまま彼の前に出ても問題はないだろう。

せめて手櫛で髪を整えようとしたら、女中がすぐさま鏡台からブラシをとってきて、髪をとかしてくれた。

「えっと、すみません」

庶民生まれの多恵はついつい自分でなんでもやってしまいたくなるが、こういうとき華族の奥様は当たり前のように女中に支度を手伝わせるものなのだろう。

「奥様の身だしなみを整えるのは私の責務にございます」

女中は、さも当然のことのように言う。彼女が三つ編みを綺麗に結び直してくれて、ささっと顔に軽くおしろいもはたいてくれる。少し着崩れていた着物も帯を締め直してくれた。手際がとてもいい。

「お名前、なんて言うんですか？」

なにげなくそう尋ねると、女中は意外そうな顔をする。

「……笹川清子にございます。キヨとお呼びください」

「キヨさんですね。綺麗にしてくださってありがとうございます」

多恵はぺこりとお辞儀をすると、ぱたぱたと部屋の外に駆け出す。だが、そこで足を止めた。右を見ても左を見ても、同じような廊下が続くばかりでどちらへ行っていいのかわからず戸惑う。

そんな多恵のことをキヨは呆れたように見ていたが、深くため息をついた。

「奥様、おそらく御館様はもうお部屋を出られて玄関の方に行かれているかもしれません。先にそちらの方に行ってみましょう。急ぎますがいいですか？」

そう声をかけてくれたキヨの口調は、最初よりいくぶん柔らかく聞こえた。

「はいっ」

笑顔で多恵は返事をすると、言葉通りに小走りのキヨのあとについていく。足の長いキヨの小走りは、多恵にとってはほとんど走っているのと同じだ。

くねくねと複雑に曲がる廊下を進んで、キヨがすっと足を緩めた。

仄暗(ほのぐら)い廊下の先が、ぼんやりと明るく光っている。見覚えのある表玄関へと到着した。

しかも、そこには数人の人影が見える。いままさに玄関から出ようとしている軍服姿の二人の背中。大柄の方が大悟で、細身が聖だと気付いた多恵は、その背中に向かって大きな声音で言葉をかけた。

「ひ、聖さん。いってらっしゃいませ！」

多恵の声に、見送りに出ていた家の者たちも驚いた様子で振り返る。

聖も足を止めて、ゆっくりとこちらを振り返った。

「ああ、起きたのか。寝ててくれて構わないぞ」

聖はそう言うが、朝寝坊していては使用人たちの心象も悪くなるばかりだろう。

多恵はキヨが差し出してくれた草履を履いて聖のそばまでいくと深くお辞儀をする。

「昨日は早く寝てしまってもうしわけありませんでした」

本当に不甲斐なくて穴があったらすっぽり頭まで入り込んでしまいたいくらいだ。

しかし聖は怒ることもなく、淡々とした口調で応じた。

「いや、いい。疲れていただろうから。そうだ、ひとつ知らせておくことがあった」

「はい、なんでございましょう」

「昨晩家のものたちに散々言われた。君の振る舞いがどうにも侯爵家の奥方らしくないということで……」

そのことについては多恵も重々わかってはいた。この屋敷では当主の聖だけでなく、使用人や女中たちの振る舞いも上品で洗練されているように感じる。

昨日まで定食屋の町娘にすぎなかった多恵にとって、華族の振る舞いやしきたりなんてわかるはずもない。だから、なんだか自分がすごく場違いな場所にいるように思えてならなかった。

聖は続ける。

「それでもう少し侯爵家にふさわしくなるようにと、花嫁教育を受けてはどうかと言われた。俺は、そんなもの徐々に慣れていけばいいとも思ったんだが」

「はなよめきょういく……ですか？」

「主に、お常がはりきってる」

「お常さんが⁉」

聖の視線が多恵から外れて上り框の方へと向けられる。多恵も振り向いてそちらに目をやると、お常さんがにっこりと微笑んでいた。

「女中頭のお常にお任せくださいませ。奥様をりっぱな侯爵夫人にしてさしあげます」

全身から、『逃がしませんよ？』という圧が漲っている。

「ひっ……」

「あまり負担をかけたくはなかったんだが、すまないな」

聖は淡々とした口調で言うので、本当にすまないと思っているかどうかは微妙なところだ。だが、考えてみれば女中として働くのでなければ、この家にいて何をすればいいのか多恵には何も思いつかなかった。

朝から日が暮れるまで休みなく働き詰めの生活が普通だと思っていままで生きてきたのだ。何もせずただ部屋に籠っているのも辛いにちがいない。

それならいっそ、花嫁教育でもなんでもいいからやることができるのは多恵にとっても都合がいいのではないか。

そう思ったからこそ、多恵は笑顔を作って聖に返す。

「いいえ。この家にいさせてもらう以上、恥ずかしくないふるまいを身に着けたいですから」

「そうか。無理するなよ」

聖は、すっと目を細めた。

「じゃあ、いってくる」

玄関を出る聖に、大悟が続く。

「多恵ちゃん、またな」

「はい。聖さんも、大悟さんも、いってらっしゃいませ」

使用人たちに交ざって、二人を見送った。彼らの姿が見えなくなったとたん、お常さんが着物を腕まくりしだす。

「さぁ、私らも参りましょうか」

「ど、どちらへ……？」

「多恵さまのお部屋にございます。あちらのお部屋は和室もございますのでちょうど良いでしょう」

その日から早速、花嫁教育が始まった。

朝、聖を見送ってから夕方まで、みっちりと講義は続くので日が暮れたころにはくたくたになる。

お常さんが講師となっての花嫁教育は多岐にわたる。

読み書きそろばんは既に身に付けていた多恵だったが、侯爵夫人として聖とともに人前に出たり上流階級の皆様をもてなすのにはとても足りないとして、華道や茶道、時事や政治、それに鷹乃宮家の歴史と、現在の分家の家系図や主だった華族、政治家の名前などを覚えることも含まれていた。

それをすべてお常さんが講師となって教えてくれたのだから、彼女の教養の深さにはただただ舌を巻くばかりだ。

なんでも、若いころは師範学校で教師をしていたこともあるという。どうりで、教師姿が堂に入っているわけだ。久々の講師役で気合がはいりまくっているのかもしれない。

お常さんが一番時間を割いたのが、礼儀作法の時間だった。

歩き方、座り方、しゃべり方。そのすべてに、鷹乃宮家の当主夫人としての品位がなくてはならないというのがお常さんの考えだった。

それはよく理解できる。でもこの時間が、多恵にとって一番つらかった。

和室に正座して頭の上に本を載せたまま、落とさないように一時間ひたすら耐えることもあった。頭がぐらついて本を落としてしまえば、もう一度初めからやりなおしになるのだからたまらない。

お常さんいわく、『これは身体の芯をつくるために必要なのでございます。これができるようになれば、常に背筋を伸ばして生活できるようになるでしょう』なのだそうだ。

そうこうするうちに、鷹乃宮家に多恵がやってきて早くも二週間が経っていた。

　この日も夕方まで頭の上に本を載せて一時間以上正座させられていたため、お常さんの『今日はここまでにしておきましょう』の言葉とともにぐったりと疲れてしまった。

　お常さんが多恵の部屋から出て行くのを正座のまま見送ったあと、彼女の姿が見えなくなったとたんに和室にばたんと仰向けになった。

「足がじんじん。はぁぁぁぁぁ、疲れたぁぁぁぁ」

　足の感覚がなくて、しばらく立てそうな気がしない。

　このまま夕飯までごろごろしていよう。幸い、いま部屋には女中は一人もいない。寝っ転がっていたとてお常さんに告げ口されることもないだろう。

　日暮れ前には夕食を食べるのが常だが、冬場は日が暮れるのも早いため、その分夕食の時間も早くなる。きっともうすぐキヨが夕食の時間だと呼びにくるだろうから、それまでは精いっぱいごろごろしておきたい。

　そんなことをぼんやり考えていたら、トントンと部屋のドアを叩く音が聞こえた。

「は、はいっ！　どうぞ！」

　お常さんが戻ってきたのかと思って、飛び起きて正座をする多恵だったが、静かにドアを開けて顔をだしたのは洋服姿の聖だった。

「いま、いいか」

「はい。あ、おかえりなさい。今日はおかえり早かったんですね」

「ああ。今日は学校に行ってきただけだから」

彼は陸軍で職をもちながらも、陸軍大学校にも通っている大層なエリートなのだとお常さんからは教わった。そのため平日は大学校に通いつつ、それが終われば軍の仕事の方に従事したりしているらしい。ちゃんと寝ているのかな？と多恵が心配になるほどの働きっぷりなのだ。そのうえ、鷹乃宮家の本家当主として家のことや一族のこともそつなくこなしているようだ。まだ歳は二十四だというが、多恵がいままでみた誰よりも多忙で重責を背負っているように感じられた。

聖は和室まで歩いてくると、多恵の前に正座する。

「少しは慣れたか？」

真面目な顔で聞いてくる聖に、多恵は愛想よく笑顔を返した。

「はい、おかげさまで。みなさんもよくしてくれますし」

疲れを隠して笑顔で応える（こた）なんて、なんでもないことだった。いつも笑顔でいることは商売人の基本だと母にはいつも言われていたし、そう心がけてきたのだから。疲れていたってそれを顔に出すなんてへまはするはずないと思っていた。

でも、聖は多恵を見つめる。どうしたんだろう？　と不思議に思っていると、聖が言った。

「少し疲れていそうだな。俺と二人きりでいるときは、取り繕う必要はない。好きに過ごせばいい。ずっと嫁を演じてくれているんだ。こんなときまで演じる必要はない」

どきりとした。その黒い瞳に見つめられると、何も隠しごとなんかできないような、何もかも見透かされてしまうんじゃないかという気がして、彼の瞳から目が離せなくなってしまった。

数秒二人で見つめあって、お互いにハッとして目を逸らした。

「……すまない。ご婦人をじっと見るなんて不躾なこと……」

「い、いえっ、私の方こそ」

その瞳に、つい見惚れてしまったなんて言えなかった。それと同時に気づいてしまった。

この人は、どこか自分に似ているんだ。

物心つくころから定食屋で多くの大人客相手に働いてきた多恵には、相手をよく見て察して動くところがあった。相手が多恵に子どもらしくふるまってほしいと考えていれば幼いふるまいを、大人のように動いてほしいと思っていれば母や他の大人のような動きをするようにしていた。

商店街の人々、常連客に一見さん、機嫌のいい客悪い客、酔った客や落ち込んだ客、母に対しても、どう思っているのか察して動くのが常になっていた。

(この人も同じなのかもしれない……)

立場は全然違うけれど、聖もまた幼いころから周りのことをよく見て自ら察しながらふるまう術を身に付けてしまったのかもしれない。

若いながらも鷹乃宮家の当主として恥ずかしくないように、分家の人たちが彼にこうあってほしいと望むように、屋敷の使用人たちが当主としてこうあってほしいと願うように、沢山の期待を言われなくとも察して添うようにふるまってきたのだろう。

はじめて彼のことを、なんだかとても身近に感じられた気がした。

「聖さんも……同じです」

聖はきょとんと不思議そうに多恵を見返す。

「同じ？」

多恵はこくりと大きく頷いた。

「私と二人でいるときは、ふるまいを気にしたり取り繕う必要なんてありません。好きなように過ごしてください」

聖の目が、はっと大きく見開かれる。

「……そんなこと言われたのは初めてだ」

聖は決まりが悪そうに頬を指で掻く。

多恵の顔に自然と笑みが零れた。

和やかな雰囲気になったところで、聖が話を切り出す。

「それで一つ相談があってこちらに来たんだ」

「相談、ですか？」

「ああ。一応、夫婦としての体裁を保つ以上、ずっとお互いの部屋が別々というのも周りからいらぬ憶測を抱かれるかもしれない」

たしかにそうだ。こんな大きなお屋敷にすむ華族の方々の常識はいまだによくわからないけれど、庶民の感覚からすると結婚した新婚の夫婦がずっと別室で過ごすというのもおかしな話だ。

「それで、夜だけでも一緒に過ごした方がいいんじゃないかと思うんだが、どうだろう」

言いづらかったのか、いつもは冷静な彼の口調がこのときばかりは早口になった。

（夜？　夜っていうと、もしかして……）

いままで考えないようにしていたことが、現実の問題として目の前につきつけられた気がした。夜をともに過ごすということは、つまり、夫婦としての営みとか、同衾(どうきん)とか、そういうことを暗に言っているにちがいない。

聖は前に『もうこの血を次の世代に継がせるつもりはない』と言っていた。子どもをつくるつもりはないが、世継ぎを望む分家の目を欺くために結んだのがこの契約結婚だ。でもだからといって、夜の夫婦生活を望まないとまでは言ってはいなかった。

（夜を一緒に過ごすって、そういうこともありえるってことだよね？）

不安と、妙な胸の高鳴りがいっきに多恵の中で渦を巻く。

妙に彼のことを意識してしまって顔が急に熱くなった。

（で、でも、それも契約のうちだから、避けるわけにもいかないし……）

夫婦の営みを拒めば契約違反として屋敷を放り出されてしまうかもしれない。そうなったら、天涯孤独の身の上の多恵に行き場なんてあるはずもない。

多恵は膝の上の拳をぎゅっと握ると、意を決して彼を見る。

「わ、わかりました。今夜から夜は聖さんの部屋にいけばいいんですね」

「……いいのか？」

こくこくと大真面目に頷くと、聖は目をぱちくりさせたあと小さく笑った。

「じゃあ、待ってる」

ゆっくりと立ち上がって部屋を立ち去る聖をドアまで見送りにいく。廊下にキヨが控えていた。ついでにキヨにも夜のことを伝えたら、キヨはぱっと顔を輝かせた。

「今夜から一緒にすごされるのですね」

どこかほっとしたような言い方だった。

(これはもしかして、……いや、もしかしなくても期待されているんだろうなぁ。お世継ぎができること)

彼女の期待の籠った眼差しが内心とても心苦しい。屋敷の人たちと親しくなればなるほど、契約結婚で彼らを欺いている事実に胸が痛くなるものの、割り切るしかないと思い直す。

そのあと夕食が終わって寝る支度を済ませると、キヨに案内されて聖の部屋へと向かった。浴衣の上にエンジ色の茶羽織をはおってはいるが、夜の廊下はひんやりと冷たい。

屋敷が広すぎてまだ中の構造を覚えきれていない多恵だったが、聖の部屋は多恵の部屋からさほど遠くない場所にあった。

キヨがドアを軽く叩くと中から短い返事が聞こえる。キヨは多恵にそっとお辞儀をするとその場をあとにした。あとに残された多恵は、小さく深呼吸してからドアを開ける。形の上での夫とはいえ男性の部屋に入るなんてはじめてのことだったから、少しの緊張と小さな胸の高鳴りでトクトクと心臓がうるさくなった。

開いたドアの隙間から、ふわりと温かな空気が流れ出してきて多恵の身体を包み込む。最初に目に飛び込んできたのは洋室の奥にある大きな焦茶色の机だった。その机で分厚い本を読んでいた聖が顔を上げる。

「ああ、来たか。その辺に適当に座っててくれ」

机の前には二人掛けの背もたれのある長椅子が二脚向かい合わせに置かれ、その間に低い卓（ローテーブル）もあった。応接用のものだろう。

「茶でももってこさせようか？」

というので、

「い、いえっ」

多恵はぶんぶんと首を振った。忙しそうな彼にそんなに気を遣わせるわけにもいかない。邪魔にならないようにと、長椅子に浅く腰掛ける。

自然と目の前の壁に目が行った。天井までとどくほど高い本棚が壁を覆っていて、難しそうな本がぎっしりと詰まっている。

（うわぁ、すごい……。外国語の本まである……）

雑誌や文庫なら多恵も買ったことはあるが、洋綴じの厚い洋書が一冊いくらするかなんて想像すらつかなかった。きっと目が飛び出るほどの値段なのだろう。

つい見とれていたら、ぎしりと長椅子の右側が沈み込んだ。

みると、いつの間にか聖がそばにきていて隣に腰かけている。

「あっちに布団を敷いてもらった。もう遅いから休むといい」

聖は後ろを指さす。本棚と反対側の壁は障子がぴたりと閉じられていた。あちらにもう一部屋、和室があるようだ。こちらの洋室には布団も寝台の類もないということはあちらの和室に二人分の布団が敷いてあるのだろうか。それとも、一つ……!?　なんてつい想像してしまって、顔が熱くなる。

どきどきしながら、

「聖さんはまだ休まれないんですか？」

彼に尋ねると、聖は軽く肩をすくめた。

「まだやることがあるからな。軍の仕事と、大学校の学生の二足のわらじをしているせいで、なかなか学校の課題を終わらせる暇が無い。それでどうしても、夜遅くまでかかってしまうんだ。ああ、あっちの部屋には俺の分の布団も敷かれているが、俺はこっちで寝るから安心してくれ」

と、多恵が気になっていたことを先んじて教えてくれた。

「……え？　こっちで？　一緒に寝なくていいんですか？」

きょとんとして尋ねる多恵に、聖は怪訝そうに眉を寄せる。

「いや、別に、一緒に寝る必要はないだろう？」

「え、で、でも、夫婦の営みとか、そういう……えっと……」

はっきりとは言いづらく、でも言わずにはいられなくてもじもじする多恵を見て、聖もようやく多恵が何をいわんとしているかに気づいたようだった。

聖は、どこか気恥ずかしそうに多恵から目を逸らす。

「そのことか。前に、子どもをつくるつもりはないと言っておいただろう。つくらないのだから、そういう行為をする必要もないと伝えたつもりだった。第一、あくまで契約結婚なのだから、そこまでしてもらおうなんて思ってはいない」

「そ、そうだったんですかぁぁぁぁぁぁ」

気の抜けたため息とともに声が漏れる。

ほっとするものの、ほんのちょっぴり寂しさも感じた。

（……え、あれ？　なんで……？）

安堵とともに、ちょっぴり残念な気持ちが多恵の心の中でもやもやと湧き上がる。自分の感情の意味が分からず内心動揺するものの、そういえば聖はこちらの部屋で寝ると言うがどこで寝るのだろう。

「こっちで寝るって……こちらにお布団をおもちしましょうか？」

「いや、この長椅子で寝るからいい」

「え、ここでですか⁉」

「そうだ」

　聖はなんでもないことのようにあっさり頷くが、この屋敷の当主たる彼をこんな狭い長椅子で寝かせていいものだろうか。いや、いいはずがない。もし、うっかり屋敷の使用人たちが見たらびっくりすることだろう。

「それでしたら、私がこちらで寝ますから、聖さんはあちらのお布団でお休みになってください」

　彼のシャツの袖(そで)を摑(つか)んで和室を指させば、彼は一瞬驚いたように多恵の左手に視線を落とす。

　彼はじっと多恵の左手をみていたが、多恵に視線を戻すとふわりと笑った。

　彼がそんな風に無防備に笑う姿を見たのは初めてだった。トクンと多恵の胸がひとつ大きく鳴った。

「二人でいるときは、気を遣わなくていいと言っただろう。それに俺はまだしばらく寝られそうにないからな。こっちの部屋の方が都合が良い。ほら、おいで」

　聖はパッと多恵の左手首を摑むと立ち上がった。つられて多恵も立ち上がる。ぎゅっと握られた手首が妙に熱く感じた。彼に導かれるようにして障子の方へと行くと、彼は障子を開ける。

暗い部屋には予想通り二組の布団がくっついた状態で敷かれている。

照明は枕元に置かれたランプの仄かな明るさのみだ。

聖は布団の前に多恵を連れて行くと手を離した。次いで、多恵の頭にポンと手を置いてさらりと優しく撫でる。

「好きな方を使うといい。じゃあ、また明日。おやすみ」

彼はそれだけ言い残すと、和室を出て後ろ手に障子を閉める。外の明かり越しに彼の影が遠ざかって行くのが見えた。

多恵はぼんやりとしながら、さっき彼に撫でられた頭に手で触れる。そんな風に撫でられたのは、母以来のことだ。でも、母に撫でられたとき感じたほんわかとしたあたたかさだけじゃなく、トクトクと心臓が早く鳴っているのが自分でも感じられた。

(なんだろう。この感じ)

戸惑いながらも、自分の中に生まれたこの不思議な感覚の正体を確かめるように多恵は静かに障子に近寄ると、そっとわずかに障子をあけた。

そこから、机の前に座って本を捲る彼の姿が見えた瞬間、ドキドキが急に強くなって、驚いて慌てて閉めてしまった。

(私、どうしたんだろう……)

いままでこんな風に自分のことがわからなくなるなんて一度も無かったのに。思えば、この屋敷に来てからだ。それも聖を目の前にするときばかり、自分のことがわからなくなってしまう。

　聖にはとてもよくしてもらっていると思う。彼は一見とっつきにくそうだが、実際は多恵がいままで会ったことがあるどの男性よりも紳士的だ。

　いまだってこうして、和室の布団を使わせてくれている。

　お常さんに教えてもらって、はじめて華族の序列というモノを知った。

　鷹乃宮家は、侯爵。これは華族の中でも公爵に次ぐ地位で、自動的に貴族院議員の身分もついてくるというかなり上位の身分なのだそうだ。

　町娘にすぎない多恵からしたら天上の存在といってもいい。

(本当なら私なんて床で寝ろと言われたっておかしくないくらいなのに)

　聖は偉ぶるところもなく、いまだって布団を譲ってくれている。

(そういえば私、聖さんに気をつかわせてばっかりだよね……)

　せめて何か自分も彼のためにできることがあったらいいのに。

　布団に入って、ぼんやりと薄暗い天井を眺めながらそんなことを考える。

(私にできることって、なんだろう)

　女中として働くこともできない。かといって、侯爵夫人として彼を支えるなんてことはまだほど遠い。日々、お常さんの花嫁教育を受けながら、いかに自分が何も知らないかを思い知らされる毎日だ。

　ほんの二週間前まで、まさかこんな日々を送ることになるなんて想像だにしなかった。

定食屋として生きて、定食屋として老いて死んでいく未来を疑ったことなんてなかったのに。

（……そうだ。私は、定食屋なんだから、ご飯をつくることならできるかも）

母に仕込まれた料理の腕は、店を訪れる客たちにも好評だった。

（彼にも、私の料理を食べてもらえたらいいな）

聖の口ぶりからすると、彼は毎晩課題などに追われて夜遅くまで起きているようだ。

日が暮れるのが早い今の季節、その分夕飯の時間も早くなる。

遅くまで起きていると、きっと小腹もすくだろう。

（夜遅くまで頑張ってる聖さんのために、何か夜食を作れたらいいんだけどな）

朝昼晩は屋敷に雇われている専属料理人たちが料理を作っているが、夕食の片付けが終われば料理人たちは屋敷の敷地内にある使用人寮へ帰ってしまう。

できることなら、彼らがいなくなったあと少し厨房を使わせてもらえないだろうか。

明日、厨房長に頼んでみよう。

布団を口元まで引っ張り上げる。

俄然やる気が湧いてきて、「フフッ」と声が漏れた。彼のために何かできるかもしれないということが素直に嬉しかった。

翌日、昼食が終わったあと、多恵は思いきって厨房へと行ってみた。

配膳前はバタバタと料理人や女中たちが忙しそうにしているから近寄りがたいが、今なら話を聞いてもらえるんじゃないかと思ったのだ。

厨房を覗くと、男性の料理人たちが後片付けをして鍋を洗ったり、食器を布巾で拭いたりしているのが見える。何人かはおしゃべりに花を咲かせているので、どこかのんびりとくつろいだ空気が漂っていた。

多恵は思い切って厨房の中に声をかける。

「すみません」

おしゃべりをしていた人は急に口を噤み、そうでない人もぎょっとした顔をして全員の視線がこちらを向いた。

「あ、えと……奥様。どうされましたか？　何かお口に合わないものでもありましたか？」

一人が、愛想笑いを浮かべながら、多恵に応じた。

多恵は胸元できゅっと拳を握ると、いっきに捲し立てる。

「あ、あの。厨房をちょっとだけ貸していただけないでしょうか！　皆さんのお邪魔にならない、夜の遅い時間だけでいいんです。その、聖さんに、お夜食を作りたくて」

使用人たちはみな、困惑の表情で顔を見合わせた。迷惑がっているのが、ありありと見て取れる。多恵はひるみそうになるものの、もう一度勇気を奮い立たせて頼み込んだ。

「お願いします。たまにでいいですから」

深く頭を下げるが、誰も多恵の言葉には応えてくれない。代わりに「誰か、お常さん呼んでこいよ」「嫌だよ、お前がいけ」と小声で小突きあっている声が聞こえてきた。

使用人たちが、突然嫁としてこの屋敷にやってきた多恵に対して不信感を持っていることは薄々感じていた。

だから、良いとも悪いとも返事をもらうことすらできないのだ。面倒くさい奴が来たから女中頭であるお常さんに引き取ってもらえと、そう言って押し付けあっている。

料理人としての腕に自信がないわけじゃない。でも、ここで彼らに自分の素性を話すわけにはいかなかった。

一人前どころか半人前として扱われることすらないことに、悔し涙が滲みそうになる。

(やっぱり、お飾りの妻として部屋に籠っているしかないのかな……)

そんな諦めの気持ちが心を浸し始めたときだった。

からんころんと下駄の音が近づいてきたかと思うと、低いダミ声が聞こえてきた。

「奥様、頭を上げてくださいませんかね」

言われた通り頭をあげると、目の前にいたのは白い調理服に身を包んだ恰幅の良い一人の男だった。年の頃は五十過ぎだろうか。頭の毛はかなり後退して頭頂部はなくなっている。男は厳しい目つきでじろりと多恵を見ると、大きな声で言う。

「奥様、私らは鷹乃宮家の台所を預かっていることに誇りをもって働いております。つまり、御館様や奥様をはじめ鷹乃宮家そのもののお命を預かる覚悟で日々料理と向き合っておるんです。この厨房は私らにとっては戦場そのものなんですよ」

だから、こんな小娘の素人は厨房に入れるわけにはいかないと、その目が語っていた。

「それはわかります」

「いいや、奥様はまだこの家にきたばかりだから……」

その言葉を、堪らず多恵は遮った。胸の内に湧き上がる想いを伝えようと懸命に言葉を紡ぐ。

「毎回、お料理をいただくたびに驚きます。なんて美しくて、なんて美味しい料理ばかりなんだろうって。さっきの昼ご飯にでてきたお味噌汁一つとってもそうです。上等な昆布といりこで出汁をとってあって、よく熟成されたお味噌がまろやかでびっくりするほど美味しかったです。お米はふっくらと粒が立って艶もあり嚙めば嚙むほど甘みと旨みがでるし、卵焼きは一点の曇りもないほど鮮やかな黄色をしていて完璧な形をしていました。ぶりの塩焼きは焼き加減が絶妙で身がほろりと崩れて、口に入れると……」

まだ言い募ろうとした多恵を、今度は男が遮った。その顔には驚きと困惑が入り交じっている。

「奥様、なんでそんなに料理にお詳しいんで？」

しまったと、多恵は内心焦る。つい口が止まらなくなってしまっていた。それだけこの厨房で作られる料理は美味しくて、毎回お食事をいただくたびに一人で驚いていたのだけど、ついついその気持ちが口をついて漏れ出てしまった。

「り、料理にはちょっと経験があって……」

多恵は急に口ごもる。これ以上話すと、うっかり話してはいけないことまで話してしまいそうだったから。

しかし、男は多恵をまじまじと見たあと、ぽんと手を打った。

「よし。私は奥様がどういう経歴かなんてわかりゃしません。だが、料理にひとかどの想いがあるんはよぉわかりました。そこでひとつ、奥様を試してみたいんだが、よろしいか？」

「試す、ですか……？」

「なに、大したことじゃありません。ああ、私はここの厨房をまかされとる嘉川(かがわ)っちゅうもんです」

そう名乗ると、嘉川はパンと小気味いい音たてて手を叩(たた)き、周りで成り行きを見守っていた料理人たちに声をかけた。

「なんでもいい。いまある食材をあるだけここにもってくるんだ」

「は、はいっ」

「ただいま！」

料理人たちは大慌てで厨房のあちこちに散ると、真ん中に置かれた広い木製の台の上に次々と食材をもってきた。

葉物野菜に、根菜、鶏肉(とりにく)や牛肉、さらに生(い)け簀(す)から出してきたばかりの魚もある。野菜は新鮮なものばかり。牛肉は多恵がみたこともないほど上級なものだ。鯛やあわびまである。ずらりとならんだ高級食材の数々に多恵は目を丸くした。

「あのこれ……」

「どれでもお好きに使うとよろしい。私が責任をもちますんで、これらをつかってお好きな料理をつくってみてください。その腕を見て判断いたします」

そうは言われても、名前しか知らないような高級食材も多い。そんな中、台の隅にザルに入れておかれている卵が目に入った。

「この卵も使っていいんですか？」

おそるおそる尋ねる多恵に、嘉川は小さく頷いた。

「それはもちろん。あっちの使用人寮のあたりで放し飼いにしている鶏の卵ですが、それで良ければお使いください」

多恵は卵を二つ手にとると、にっこりと微笑んだ。

「それなら、この卵がいいです。お肉もお魚もいまは要りません」

「……それだけでいいんですかい？　ほかに牛肉でも鯛でもなんでも使って構わんのですよ？」

嘉川はいぶかしげに尋ねてくる。

「あと、お出汁に使うものと調味料をいただければそれで充分です」

嘉川は目を大きく見開く。後ろで様子をうかがっていた料理人たちも怪訝そうに顔を見合わせた。

驚く彼らを他所に、早速多恵は料理をするために着物の袖をたすきで縛った。

侯爵家で厨房を任されるほどの腕利きの料理人たちの目が注がれる中、一人で調理するのは緊張する。

しかし、厨房に立った瞬間、多恵の意識は目の前の食材に吸い込まれるように集中していく。ザワザワと話す料理人たちの声も、いつしか聞こえなくなっていた。

まず、土鍋に水瓶からくんだ水を入れて竈にかけた。

定食屋では出汁をとるときは昆布を使っていたが、昆布は旨みを引き出すためにはしばらく水に浸す必要がある。いまは時間がないため、鰹節を使うことにした。

鰹節の塊を手に取り、鰹節削り器で手際よく削っていく。すぐに削り器には香ばしい削りたての削り節が山盛りになった。

それを沸騰してきた土鍋の湯の中に投入し、灰汁を取りながら出汁をとる。削り節を丁寧に取り除くと、黄金色をした出汁が出来上がった。

次に、大きな椀に卵をいくつか割って、菜箸でかき混ぜる。ある程度卵が溶きほぐせたら、今度は左手で斜めに抱えるようにして椀を持った。

さっきとは違い、溶いた卵を菜箸で持ち上げるようにしながら円を描くように極力早く手を動かしてかき混ぜはじめる。こうやって、溶き卵の中に空気を含ませていくのだ。

しゃかしゃかと小気味よい音をたてて、菜箸で溶き卵を混ぜ続けた。これが結構根気のいる作業なのだが、多恵は疲れも見せず手早く作業を続ける。

周りで見ていた料理人たちは、多恵の手際の良さにしだいに目を惹きつけられていった。

「ほぅ……」

嘉川の口からも、声が漏れた。しかしその声すら、多恵には聞こえなかった。

そうしているうちに、溶き卵は濃い黄色から薄い黄色へと変わってくる。全体に小さな泡が沢山たって嵩もましてきた。ふわふわもこもことしたそれは、もはや普通の溶き卵とはまったくの別物になっていた。まるで丹念に泡立てた石鹸の泡のような姿をしている。

最後に、丹念にかき混ぜて泡状にした溶き卵を、熱々の出汁が香る土鍋のなかにお玉ですくいあげて投入し、すぐに蓋をした。こうして出汁の蒸気で、泡状の溶き卵を蒸し上げるのだ。土鍋を手早く火から下ろして、台の上に重ねた布巾の上へと置く。

数分待てば、できあがり。

そこでようやく一息つくと、多恵は嘉川たちの方に顔を向けた。

「さあ、できました」

「こ、これでもうできあがりか？　ああ、えと、ここでもらうよ」

嘉川は狐につままれたような顔をしながら、台の前に椅子を置いて腰かけた。

多恵は土鍋を、嘉川の前に置く。

「どうぞ、お召し上がりください」

多恵が土鍋の蓋をあけると、ふわりと湯気が立ち上った。

土鍋の中でできあがったものを見て、嘉川の後ろから覗き込んでいた料理人たちから驚きの声があがる。

「な、なんだこれ!?」

「こんな料理みたことないぞ……」

土鍋の蓋をあけると、土鍋一杯に薄黄色くて、ふんわりもこもことしたものが見える。泡状に溶いた卵がそのまま蒸しあがって、土鍋の中を黄色い綿菓子が覆っているような見た目となっていた。たっぷり空気を含ませて溶いてあるので、このように卵がふわふわとした形になるのだ。

レンゲを差し入れると、ふわふわの卵の下にじゅわっと出汁が染み出してくる。出汁と一緒に卵を取り椀へと取り分けて、嘉川に差し出した。

「食べてみてください」

多恵が促すと、唖然としていた嘉川は椀を手に取る。

「あ、ああ……それじゃあ」

嘉川はレンゲでふわふわとした卵を掬い取ると、口に入れた。

しんとした静寂が厨房に漂う。誰もが嘉川の反応を待っている。

数秒あって、嘉川が呻くように呟いた。

「……うまい」

そう言ったかと思うと、いっきに取り椀の中身を食べ終えた。そして、しみじみとした口調で感想を述べはじめる。

「こんなに口当たりが柔らかな料理ははじめてだ。それに出汁(だし)の旨みがうまいこと卵の中に溶け込んでいて、いくらでも食べられそうだな。こんな卵料理、食べたことがない。卵と出汁だけだってのに、こんなに美味(うま)いものがつくれるのか」

この料理は名を『たまごふわふわ』という。静岡のとある宿場町で親しまれている料理なのだそうで、以前、定食屋に来ていた静岡に地元を持つ常連さんが、またあの味が食べたいとしきりに言っていたものだった。

その人からどんな料理なのかを聞き取り、試行錯誤を重ねてつくりあげたのが、この料理だ。その人からも地元で食べたのと同じ味だとお墨付きをもらっている。

それからは、定食屋のお品書きにはないものの、注文する人が絶えない人気料理の一つになっていた。

嘉川は出汁まで綺麗(きれい)に飲み干すと椀を多恵に差し出す。

「お代わりをもらえるか？」

緊張していた多恵の顔にも笑みが広がり、「はいっ」と元気よく応(こた)えた。

それを皮切りに、様子を見守っていた料理人たちも我先にと多恵の下へ寄ってくる。

「お、俺ももらってもいいか？」

「ずりぃぞ！　俺だって！」

「こっちも頼む！」

一人一人に椀へ取り分けて渡すと、あっという間に土鍋は空になってしまった。

料理人たちはみな美味(おい)しそうに夢中で椀を掻(か)きこんだ。

その姿を見ていると、熱い想いがこみ上げてくる。

この屋敷にきてから、はじめて聖以外の人たちからも自分の存在を認めてもらえたような気がしたのだ。

目じりに滲(にじ)む涙をこっそり指で拭(ぬぐ)っていると、お代わりも食べ終えた嘉川が多恵に話しかけてきた。

「あんたの手際の良さも味加減も見事だった。素朴なものにこそ料理人の腕の良しあしが如実に現れる。この腕は一朝一夕に身に付くもんじゃねぇな。まして深窓のご令嬢が嗜(たしな)み程度で身に付けられるもんでは到底ありえねぇ。ずっと長い年月かけて真剣に向き合ってきたもんにしか出せねぇ味だった。……あんたさん、何者だ？」

眼光鋭く尋ねられて、多恵は目を逸(そ)らしながら口ごもる。

「あ、えと……」

多恵の様子を察して、嘉川は手で制した。

「ああ、やっぱいい。人に言えねぇ事情もあるだろう。それより、約束だ。この厨房、奥様の好きに使ってくれてかまわない。御館(おやかた)様の奥方に腕試しさせるような生意気な真似しちまってすまなかったな」

嘉川は、多恵に対して深く頭を下げた。

「あ、え？　えと、あ、あたま上げてくださいっ」

どうしていいのかわからず狼狽える多恵に、嘉川は顔を上げると険しかった顔を綻ばせた。


その日の夜。

夕食の片づけが済み、料理人は嘉川以外誰もいなくなった厨房で、多恵は一人料理に励んでいた。嘉川は最後の火の始末の確認のために、残ってくれたのだ。

つくり終えると、それを盆にのせる。ちょうどいい頃合いにキヨが手持ち行燈片手に迎えに来てくれた。キヨに連れられて聖の部屋へと向かう。

部屋につくとキヨがドアを叩く。中から聖の声がしたのを確認すると、キヨは多恵に頭を下げて廊下を戻っていった。

ドアを開けると、聖は今夜も難しそうな本を読みふけっていた。

多恵は盆を持ったまま彼の傍まで行き、彼の机に置いた。

盆の上には小さな一人用の土鍋と取り椀、レンゲ、それにまだ湯気が立ち上るお茶の湯呑がのっている。

昼間、嘉川や他の料理人たちに好評だった『たまごふわふわ』をつくってきたのだ。

「これは？」

きょとんと不思議そうにする聖に、多恵はおずおずと恐縮しながら言う。

「あの……遅くまでお勉強に励んでらっしゃるから、お腹空いてないかなと思って厨房をお借りして夜食をつくってまいりました。私の定食屋で人気だった料理です。重いものではないので、夜に食べても胃もたれもしないと思いますし」

勝手なことをして怒られるかもしれないと多恵は内心心配だったが、聖は何も言わずに本を閉じると盆を目の前に引き寄せた。

多恵が土鍋の蓋をあけると、湯気とともに出汁の良い香りがふわりと立ち上る。

聖はその一風変わった料理を興味深そうに見ていた。

多恵が椀に取り分けて彼に差し出すと、彼は椀を受け取りじっと眺めたあと、レンゲを手にして一口口に運んだ。

その様子を多恵は傍で、ドキドキしながら見守る。

取り椀のものを食べ終えてから、聖はふぅと息をついた。

「やさしい味だな。身体に染みわたるようだ」

土鍋を見つめながら、しみじみとそんな言葉を漏らした。

「これ、君が？」

こくこくと多恵は頷く。

「そうか。君がつくったのか。いつか君の料理を食べてみたいと思っていた。でも火事を思い出させるのが怖くて言えなかった」

聖は多恵が定食屋をやっていたことを知っている。でも、彼がそんな風に思ってくれていたなんて微塵も考えたことがなかった。彼が多恵の料理を待ち望んでいてくれたことが嬉しかった。自然と声が弾む。

「わ、私も。聖さんに食べてもらいたかったんです。ここのお屋敷は専属の料理人さんたちが沢山いるから私が出る幕なんてないかなってあきらめかけてたけど、聖さんの部屋へ夜に来るようになって、もしかしてお夜食なら私がつくってもいいのかもって……あ、あの！　明日もまたお夜食つくって持ってきてもいいですか⁉」

意気込んで頼む多恵に、聖は静かに目を細める。

「ああ、もちろん。俺としてもありがたい限りだ。君の負担になるなら別だが」

多恵は三つ編みが揺れる勢いでぶんぶんと首を横に振った。

「全然負担なんかじゃありません。聖さんに料理を食べてもらえるなら嬉しい限りです。聖さんは好き嫌いとかありますか？」

自分には料理くらいしか上手にできるものがないから、その料理で彼の役に立てるのならこれ以上嬉しいことはない。

「とくに好きなものも、嫌いなものもないな」

聖は土鍋から自分で椀に取り分け、どんどん食べていく。ひとしきり食べてから、茶を飲んで一息ついた。

「正直、遅くまで起きていると腹が減ってしまってな。水を飲んで凌ぐことも多かったから、夜食をもらえるのはありがたい」

夜食くらい嘉川たちに言えばすぐにつくってくれそうなものだが、彼のことだ、きっと夜遅くまで料理人たちに仕事をさせるのは気が引けたのだろう。おかげで多恵にも彼のためにできることがみつかった。

「では明日もお持ちしますね」

明日は何をつくろう。それを考えるだけでわくわくと胸が弾む。

とはいえ、あまり長く話しかけては彼の勉強に差し障るので、多恵はぺこりと頭を下げる。

「それでは、おやすみなさい。お布団、ありがたく使わせていただきます」

「ああ。おやすみ」

多恵はもう一度ぺこりと頭を下げると、障子の向こうの和室へと下がっていった。

聖は多恵の後ろ姿を目で追い、障子が閉まった後もしばらくそちらを眺めていた。

障子越しに彼女が布団に入る衣擦れの音が聞こえ、障子に映っていたランプのぼんやりとした明かりも消える。

聖の都合で部屋に呼んでしまったが、良く寝られているだろうか。

彼女には無理ばかり強いているなと申し訳なくなってくる。

聖は土鍋の中身をすべて平らげると、盆を机の横に置いた。

そして、立てかけるようにして脇に置いてあった軍刀に目を落とす。

何より多恵に申し訳なく思っているのは、これだ。

(俺はまだ、本当のことを彼女に話していない)

話しても信じてはもらえないかもしれない。それでも構わないが、いつかは話さざるをえないだろう。

聖は軍刀を手に取った。鞘から抜くと、切れ味の鋭い刀身がするりと現れる。軍内で持ち歩くために柄はサーベルのような形に変えているが、刀身は正真正銘の日本刀だ。

しかも、刀身の根元から半分ほどが禍々しいほどの黒で覆われている。

この黒い色はたとえ刀を打ち直したとしても消えることはないという。

この刀は鷹乃宮家に古くから伝わる妖刀だ。

銘を『血切丸』という。

名前のとおり、多くの血を吸ってきた刀だった。血といっても人の血ではない。

妖や亡霊、ときには荒ぶる廃神までとありとあらゆる怪異をこの刀で斬り倒してきたのだ。

その役割こそが平安から続く鷹乃宮家当主に課せられた役割だった。

そして、この刀身の黒さこそが鷹乃宮家の業の深さを表している。

怪異の血を吸えば吸うほど、この刀は黒くなっていく。そして、先端までこの刀が黒くなったとき。

（俺の命は尽きるだろう）

おそらくあと持って十年。だから、分家からは一日も早く跡取りを作ることを望まれていた。

でも、

（こんな血塗られた運命を次の世代に残すわけにはいかない）

子をなすわけにはいかなかった。自分の代でこの忌まわしい血の連鎖を断ち切らなければならない。だから契約結婚に踏み切ったのだ。

父の鷹乃宮司が失踪してから早二年。その間、どうすれば血切丸の呪いを解除できるのか、そもそも怪異を斬らなくてもよくなる解決策はないのかと模索してきたが、目覚ましい成果は何もなかった。にもかかわらず、怪異絡みの事件は頻発するようになっている。特四の他の隊では討伐に至らないことも増えており、その分、圧倒的な討伐率を誇る聖たちの小隊への出動要請も増えるばかりだ。

（残された年数はあとわずか。それまでになんとか策をみつけねばな……）

正直、契約結婚の相手は誰でもよかったと言える。家の都合で自由にできる相手を探していた。

だがいざ契約結婚に踏み切ってみれば、多恵に対する罪悪感が常に心にわだかまっていた。

彼女が家の金を好きに使って贅沢三昧するとか、外に男がいるとかすればまだ罪悪感が薄れただろうか。

多恵にはすべて自由にしていいと言ってある。聖にとって彼女が妻であってくれること、それだけで充分なのだから。

なのに、彼女は顔を合わせればいつも朗らかな笑顔を見せてくれる。こうして、聖のことを考えて夜食までつくってきてくれる。

それが酷く後ろめたくて心苦しい。でもそれでいて彼女の優しさや明るさに触れるたびどこか安らぎを覚えてしまうのも確かだった。

（どうか彼女だけでも幸せにしてやりたい）

そう心から願うことが、鷹乃宮家の血塗られた呪いに付き合わせてしまったことへの贖罪でもある。自分はどうなってもいいから、彼女のことだけは絶対に守らなければならないとひそやかに心に誓った。

第二章 ✦ 辻斬りとあさりのしぐれ煮

深川界隈。

そのひと気のない道を男は行燈片手に一人で歩いていた。

長袖シャツの上に小袖を重ねてはいたが、吹き付ける風はつめたい。

そのうえ海が近いからか、冬だというのにどこかべとつく。

夜の街を彩るガス灯なんて洒落たものもこのあたりには一つもなかった。

まだ開発が遠く及んでいない海浜地域。昔、このあたりはまだ海の中で、それを埋め立てすることで土地を広げてきたという。

土むき出しの道路の左側には竹林が、右側には家々が並んでいた。

だが、深夜を回ったこの時分、家の明かりは一つも見えない。

このあたりは開発が予定されているとかで空き家も目立つのだ。

ひとっこひとり通っていない道を、男は足を速めて歩く。

一刻も早く、この先にある自分の家に駆けこんで布団にくるまりたかった。

本当はもっと早くに帰れるはずだったのだが、街でばったり昔の友人に会ったため遅くまで飲み歩いてしまったのだ。

友人には泊まっていけといわれたが、明日は朝早くから現場の仕事が入っていたから断った。

男は白髪の交じるゴマ塩頭をがしがしと掻く。今日はやけに潮の香りがつよく、べたついてくる。

「ちっ、やっぱ泊まってくりゃよかったかな」

周りに誰もいないのをいいことに、男はぶつくさと文句を垂れる。

そのときだった。

ひゅうとどこからともなく吹いてきた風で、行燈の明かりがふっと掻き消えた。

「え？　お、おいっ！　くそっ、ついてねぇなぁ！」

男は行燈を地面におくと、背負っていた風呂敷を下ろしてマッチを探す。

しかし、あいにく月が隠れてしまっており、あたりは暗闇に包まれている。

ほとんど手探りでマッチを探すが、なかなか見つからない。

「どこだよ、ちくしょう！　早く帰りてぇのに……あ、あった！」

ようやくマッチを見つけて一本取り出し、こすろうとしたときのことだった。

『もし』

後ろから、女の声が聞こえた。静かな声だ。

ぎくりと、心臓が飛び上がりそうになる。ゆっくり振り返ると三尺ほど後ろに女が一人立っていた。古ぼけた草色の小袖に橙色の帯をした女だ。

「ああ、あんたもお困りかい？　いま行燈に火をつけるからまっとくれ」

暗闇の中で一瞬、人がいたことにほっと安堵しそうになった男だったが、ふと違和に気づく。

なぜ、自分の手元すら見えない暗闇の中で女の着物の色までわかったのだろう。

そういえばこんなに近くにくるまで、女が後ろを歩いていたことにすら気づかなかった。

地面は無舗装の土むき出し。草履や下駄で歩けば音がしないはずはない。

寒い季節のはずなのにじんわりと汗がにじむ。ちいさな違和が積み重なって、背中を這い上る戦慄に足がすくむ。

よく見ると女の足は裸足だった。白い足に土がつき、赤い染みまである。

（血……⁉）

弾かれるように視線をあげれば、俯き加減のその女の髪はぼさぼさだった。

早鐘のように心臓が音をたてる。逃げなければと頭ではわかっているのに、足が動かない。

俯いた女の顔が少しずつ上がる。

『何度も申し上げたはず』

掠れた老女のようにも、若いようにも聞こえるひび割れた声。

乾いた口の周りには赤いものがこびりついていた。

男の手から風呂敷の中身がばらばらと零れ落ちる。腕が恐怖でがたがたと震えて止まらない。

女の目は黒く落ちくぼんで、目玉がなかった。ただぽっかりと穴が開いて黒く塗りつぶされた目。

その穴しかない目が男を見つめたかと思うと、ぎゅうと醜く歪んだ。

歪んだ拍子に黒い穴からどろりと赤い血が溢れて流れ出す。

『何度も、何度も、何度も』

血の跡が残る口は耳元まで裂け、目は醜くゆがむ。まるで鬼婆のような形相となった女は、後ろ手にもっていたものを身体の前に掲げた。

『申し上げたではありませんか』

月もないのに薄青く光る、その長い一筋。

それは日本刀だった。

ひゅっと一振り、刀が振り下ろされる。

男は思わず、恐怖のあまり腰が抜けてその場に座り込んだ。それが幸いして、額を軽く切られるだけですんだ。しかし、ぬるりと額から垂れる感触に男の精神は限界に達する。

「うわぁあああああああああ!」

思うように動かない足を無理やり動かして、ばたばたとその場を這うようにして逃げ出した。そのうち足も動くようになり、地面を蹴って走り出す。
その背後からぽつりと、一つ声が聞こえる。
『……これもちがう』
冷たい風が竹林を揺らした。男はただがむしゃらに走った。
住宅街まで走ってきて、男は息を弾ませてようやく足を止める。
自分の家まではあとすこしだ。だいぶ走ったからもう大丈夫だろう。
ほっと、一息ついたときのことだった。
ざしゅ、という音が闇夜に響く。それは小さな音だった。ついで、背中に激痛が走る。
男はうめきながら地面に膝をつき、うずくまる。
「な、なんだ……」
背中に手をやると、ぬるりとした。漂う血の匂い。
なんとか頭を後ろに巡らせると、闇のなかに浮かぶ刀が見えた。
持ち手はいない。ただ、刀だけが浮かんでいた。
まるで刀が意思をもったかのように、闇の中でこちらに刃を向けている。
その刃に背中を斬られたのだと男は恐怖と共に理解した。
殺される！　そう戦慄したが最後、男はその場で気を失った。

多恵が鷹乃宮家に来てからひと月が経った、ある冬の日のこと。

今日は朝から屋敷全体にどことなくピンと張りつめた空気が漂っていた。

今日の午後、水野子爵が屋敷を訪れることになっているからだ。

お常さんの指示の下、女中たちはいつも以上に掃除に余念がなく、表玄関には立派な生け花まで飾られている。

一週間ほど前に、水野子爵の方から聖へ話したいことがあるから訪問してもよろしいかと連絡があったらしい。

そのため、直近で大学校の午後の授業がなかった本日、水野子爵が来ることになったのだ。

鷹乃宮家の現当主である聖のもとには、普段から様々な来客がある。いつも接待はお常さんたちが担うのだが、相手が華族となると話は違う。

子爵と言えば序列的には侯爵家である鷹乃宮家よりも下位になるが、七十歳近い水野子爵は政財界に強い影響力をもつ人物だった。

そのため、水野子爵へのもてなしは当主の妻である多恵が担うことになったのだ。

女中たちは気合を入れて多恵の着付けをしてくれる。髪も普段の三つ編みではなく、頭の両脇にこしらえた三つ編みをくるりととぐろのように団子にして、そこに可愛らしい椿を模した髪飾りをつけてくれる。ラジオ巻きと呼ばれる流行(はやり)の髪型だ。

そして水野子爵との約束の時間がくると、聖とともに表玄関の外に出て到着を待った。

これも家格の違いからするとおかしなことなのだが、今回はご高齢である水野子爵を立ててこのように出迎えることにしたのだと聖は教えてくれた。

とはいえ、まだ冬の寒さが残るこの時期は外で立っているとしんしんと寒さが身に染みる。

「寒いか。やっぱり、君は屋敷の中で待ってても良(い)いぞ。あとで、呼びにいくから」

白い息を吐きながら聖が多恵を気遣って声をかけてくれる。今日の彼は、紺の三つ揃いを着ていた。背の高い彼は何を着ていてもよく似合う。

ついうっかり見とれてしまいそうになる多恵だったが、彼の言葉にぶんぶんと首を横に振った。

「いえ、大丈夫です。こんな寒さくらい、どうってことありません」

「そうか」

そのとき、門の方から一台の自動車がこちらに向かってくるのが見えた。

車は表玄関の前に止まる。運転手にドアを開けてもらって後部座席から濃緑色の着物に黒い中羽織姿のご老人が降りてきた。白髪に白い口髭(くちひげ)は、歳を重ねた貫禄(かんろく)が感じられる。ニコニコと二人を見る目元は優しいが、左眉(まゆ)の上に目立つ古傷があるのが印象的だった。

「お待ちしておりました。水野様」

聖が頭をさげたので、隣で多恵も丁寧にお辞儀をした。

水野子爵は聖の肩をポンポンと親しげに叩く。

「構わんよ。そうかしこまらないでくれ、鷹乃宮の。今日は私から無理を言って席を設けてもらったんだからな。おや？　そちらは最近もらったという嫁さんか。なんとも可愛らしいお嬢さんじゃないか」

水野に褒められ、多恵はポッと頬が赤くなる。そんな多恵を見て、水野はハッハッハと豪快に笑った。

「さあ、どうぞこちらへ」

先に立って屋敷の中へと案内する聖。

「ああ、すまない」

あとについて水野も表玄関から屋敷へと入る。多恵は膝を折って聖と水野の草履の向きを履きやすいように変えると、自分も草履を脱いで二人の後に続いた。

（背筋はまっすぐ。足はあまり動かさず。上品に、静かに……）

お常さんに教わったことを頭の中で何度も繰り返した。聖の大切なお客さんを前に粗相をするわけにはいかない。

途中でキヨからお茶とお茶請けの和菓子がのった盆をうけとり、客間の和室へと向かう。

すでに上座についていた水野の下へお茶を運ぶと、上品に三つ指ついて「ごゆっくりお過ごしください」とごあいさつ。客間を出てようやく、ほうっと息を吐いた。

粗相はしなかったと思う。けれど、どうしても動きがぎこちなくなってしまったことを反省する。

（やっぱり、堅苦しいのは慣れないなぁ）

お出迎えをしただけなのに、どっと疲れを感じた。次の出番はお見送りのときだ。キヨに盆を返すと、それまで自室で待っていることにした。

三十分くらいだろうか、と見積もっていたのだが、水野子爵が帰ったのはそれから三時間もあとだった。

そんなに長く何を話していたのだろう。お見送りのあとちらっと聖を見ると、彼の顔にも疲れが滲（にじ）んでいるように見えた。

それから一週間ほどは何事もなく平穏に月日が過ぎた。

最近の多恵の楽しみといえば、聖に夜食を作ることだ。毎日、今晩は何を作ろうかと考えるのが楽しくて仕方がない。

今日は良質の小豆（あずき）が手に入ったと嘉川から聞いたので、巷（ちまた）で人気のあんぱんを作ってみることにした。

多恵自身、あんぱんは前に聖が職場の差し入れにもらったものを持ちかえってきてくれて食べたことがあるだけだったが、美味（おい）しさはよく舌が記憶していた。

この屋敷の厨房には舶来物のオーブンもある。ただ、多恵はオーブンの使い方もパンの作り方もあまりよく知らなかったため、嘉川にかなり助けてもらった。

最近嘉川は、手が空くと多恵に料理を教えてくれることがあった。おかげでいままで知らなかった懐石料理や洋食などいろいろと作れるようになったのだ。

今回も彼の教え方がうまかったおかげで、あんぱんはふっくらと上手に焼き上がった。ころりと丸く小麦色にほどよく色づいた焼きたてのあんぱんからは、ふんわりと良い香りが立ち上っていた。ひとつ手にとって半分にわり、味見するとさくっとしたパンの中にホクホクの餡子がたっぷりと詰まっていて、一口食べただけで幸せな気持ちになる素朴な甘さが口の中に広がる。隣で味見していた嘉川も大きく頷いた。どうやら及第点をもらえたようだ。

「ありがとうございますっ。すごく美味しく焼き上がったから、聖さんも喜んでくれるかも」

思いの外よくできたあんぱんを前に嬉しそうに言う多恵に、嘉川はいつものように無愛想ながらも、どこか機嫌良さそうな声の調子で応じた。

「あんたさんの筋がいいからだ。ほら、はやく御館様へ持っていってやりな」

多恵は遅くまで付き合ってくれた嘉川にぺこりと頭を下げると、早速あんぱんを五、六個皿に載せて盆で運ぶ。

廊下は暗いため、手持ち行燈を手にしたキヨが先導してくれた。

聖の部屋の前までくるといつものように一礼して去って行こうとするキヨを多恵は引き留めた。

「あ、待って。もし良かったら、このあんぱんおひとつどうですか？」

あんぱんの載った盆を差し出す多恵に、キヨは目を丸くする。

「よろしいんですか⁉」

「もちろんっ」

沢山作ったので、できればいろんな人に出来立てを食べてほしかった。

「先ほどから漂ってくる美味しそうな香りが気になっていたんです。では、いただきます」

いつもは澄ました顔をしているキヨも焼きたてのあんぱんを前にすると、嬉しそうに頬を緩めた。胸元から懐紙を取り出し、あんぱんをさっとひとつ包んでお辞儀をすると、いつもより足早に去っていった。きっと自室で食べるのだろう。

（美味しいって思ってもらえたらいいなぁ）

自分の作ってもらえたもので喜んでもらえると、多恵自身も嬉しくなる。

それが親しい相手であればなおさらだ。多恵は聖の部屋のドアに目を向けた。

（気に入ってもらえるかな）

そんなことを思いながら盆を左手に持ち直して、右手でノックしようとしたところで多恵の手はすかっと空を切った。ノックするよりも早くドアが開いたのだ。

ドアからぬっと顔を出したのは軍服姿の大悟だった。長身大柄なのでドアの前を覆っているように見えてしまう。

「おや？　多恵ちゃんや。こんばんは。お、なんやそれめっちゃええ匂いしとるやん」

顔を合わせるなり大悟は、くんくんと鼻を動かす。なんだか大型犬っぽい人だ。多恵は盆を差し出すと笑顔で言った。

「あ、あの、おひとついかがですか？」

聖のために持ってきたものだが、沢山あるので構わないだろう。

「ほんまに！　おおきに」

大悟はさっそく一つ手に取ると、あつあつ言いながらパクッと大きな口で食らいついた。もぐもぐしたあと、ドアを手で支えたまま、部屋の中に声をかける。

「聖！　これ、めっちゃ美味(うま)いで!?」

「だろうな」

苦笑交じりの聖の声が返ってきた。大悟が脇にどいてくれたので、多恵はあんぱんの盆をもったまま部屋の中に入る。

聖も今日は軍服姿のまま、長椅子に腰かけていた。その脇にもう一人、始めてみる軍服の青年が立っていた。律義に軍帽までかぶっている。年の頃は大悟や聖とさほど変わらなそうだが、小柄な眼鏡の青年だった。

彼は眼鏡の奥の瞳(ひとみ)をすっと細めてぺこりと軽く頭を下げるものの、あまり歓迎されていない雰囲気を感じる。

長椅子の間の低卓には、地図が広げられていた。どうやら、何か仕事の話を三人でし
ていたようだ。多恵がここにいるのは明らかに場違いだった。

多恵は卓の端にあんぱんの皿をおくと、盆を胸に抱く。

「今日は私、自分の部屋にいきますね」

気を遣ってそう言ったのだが、聖は特に気にしていなかったようで不思議そうにする。

「え？　いや、別に構わんが……」

「で、でも私、お邪魔ですし……」

「だが、君を追い出すつもりは……どっちかっていうと俺たちの声がうるさくて寝づら
いなら俺たちの方が別の部屋に移るが？」

「い、いえっ、そんなことしていただかなくてもっ」

言い合う二人を、大悟はにやにやと面白そうに眺めたあと、聖の向かいにどかっと座
って笑った。

「なんやいつのまにか仲ええなぁ、おまえら。契約結婚やったんちゃうん？」

大悟の言葉に多恵は急に顔が熱くなる。

（な、仲良いって言われた⁉）

一方聖は、「大悟」と少し強い口調でたしなめたあと、多恵の作ったあんぱんを手に
取り半分に割った。その半分を多恵に差し出して、淡々とした口調で言う。

「もし嫌じゃなければ、ここにいてくれて構わない。いま話し合っていたのは別に極秘事項というわけでもないからな」

聖から半分のあんぱんを受け取るが、彼の隣に座るのも気が引けてどうしようか迷っていると、

「でも、部外者に知られるのは規律違反ですよ」

眼鏡の青年が生真面目な口調で聖に言う。それをすぐさま大悟がたしなめた。

「庄治。あんま四角四面に考えてると、背ぇのびひんで？」

庄治と呼ばれた眼鏡の青年は、キッと大悟を睨み返す。

「それとこれとは関係ないだろ！」

なんだか多恵がここに来たことで、室内の雰囲気が悪くなってしまったようだ。そのことに責任を感じて肩身が狭く思っていたら、むしゃむしゃという音がどこからか聞こえてきた。

（あれ？　なんだろう、この音）

大悟はもうぺろりとあんぱんは食べ終えてしまっていたし、聖はまだ手に持ったままだ。音の出所を探して視線を落とすと、低卓の方から音がしていた。見ると、皿におかれたあんぱんの一つが震えている。

「きゃっ!!　な、なに!?」

思わず多恵が叫んだとき、あんぱんを食い破って小さな頭が突き出した。黒い毛並み

をした、犬のようでもあり狐のようでもある可愛らしい小さな顔立ち。円(つぶ)らな瞳が多恵をみつめて、

『キュル』

と、喉(のど)を鳴らす。顔は小さいが、身体はいたちのように長い不思議な生き物だった。

どこからこんな動物が入り込んだのだろう。そもそもこの動物はなに？　見たことのない動物に見つめられて呆気(あっけ)にとられる多恵のところに、庄治がばたばたと長椅子の周りを回って走ってきた。

「わわわ、ダメじゃないか、イチ！」

庄治は慌てた様子でその細長い生き物を抱きかかえる。

「管狐(くだぎつね)もあんぱん好きなんやなぁ」

しみじみと感想をもらすのは大悟。

「匂いに釣られたんだろうな」

冷静な態度を崩さずあんぱんを食べているのは聖だ。

一方、庄治はその奇妙な生き物を抱いたまま、慌てた勢いでずれた眼鏡を直す。

「非常に申し訳ありませんっ、この償いはいつか必ずいたしますから」

「い、いえ、それはいいんですが……その子はあなたが飼ってるんですか？」

多恵はあんぱんを食べられたことよりも、彼が抱いている奇妙な生き物のことが気になった。

「ああ、えと」

庄治は困ったように聖を見る。聖が、

「彼女は前に天火を見てる。怪異に遭いやすいたちかもしれないから伝えておいたほうがいいだろう」

というので、庄治はコクリと頷(うなず)いて話してくれた。

「これは妖(あやかし)の一種で、管狐というものです。僕の家は代々管狐を使役してきた管狐使いの一族なんです。ちなみにこいつの名前は、イチといいます」

「あやかし……?」

聞きなれない単語がポンポンでてくる。そういえば、定食屋が燃えたときも聖が妖がどうこうと言っていたことを思い出す。

すかさず聖が説明を付け加えてくれた。

「妖とは、この国に古くからいる人とも動物とも異なるモノたちをいう。妖怪(ようかい)やもののけ、ともいうな。俺たちが所属する近衛第四特殊師団、いわゆる『特四』は妖や、悪霊、人に障る荒神などの怪異を討伐するための部隊なんだ」

「……怪異を……討伐、ですか?」

驚きのあまり、多恵は目をぱちくりとさせる。

聖が陸軍で働いていることは知ってはいたが、彼から仕事の詳しい話を直接聞いたのは初めてだった。

「そうだ。だから君の店が燃えたときも、俺たちがずっと追っていた怪異事件がらみかと思って駆けつけたんだ。結果は違ったがな」

たしかに多恵の店が燃えたとき、聖と大悟はそれがすぐに普通の火事ではないと気づき、恐ろしい老女の顔をもつ天火とかいう火の化け物をみつけだして鮮やかに退治してくれた。

多恵には悪夢のような恐ろしい経験だったが、彼らにとってはああいうことも日常業務の一環にすぎないのかもしれない。

「俺たちは討伐の仕方が特殊なのと俺がまだ学生なのもあって、三人だけでひとつの小隊になっている。いま話し合ってたのもやはり怪異がらみの事件だ。君も、この前、水野子爵と会っただろう」

水野子爵のことならよく覚えていた。白髪に白髭(ひげ)、それに左眉(まゆ)の上に斜めに走る古傷が印象的だった。

聖は手でおいでおいでをすると、彼の隣の座面を叩(たた)く。促されると断れず、多恵が彼の隣に座ると聖は話を続けた。

「前に水野子爵が来たときに、深川のとある地区で夜間に辻斬(つじぎ)りが出るのでどうにかしてほしいと言われたんだ。特四としては、上からの命令がないと動けないということは何度も伝えたんだが、いくらでも金を積むからどうにかしてくれと言ってなかなか引き下がらなくてな」

「水野子爵って、あれやろ？　あちこちにでかい工場つくって、実業家として有名なじいさんやんな？　あのあたりでなんか事業始めんのに、辻斬りの件が目障りやったんかな」

と、大悟。

「開発で人足を集めたいのに集まらないんでしょう。彼らは縁起を重んじますからね」

庄治はメガネを指でくいっとあげた。その腕には管狐のイチが絡みついてウトウトしている。

聖は話を続ける。

「あのときは水野子爵になんとか帰ってもらったが、どうやら今度は軍部の伝手を伝って上部に働きかけてきたらしい。しかも俺をご指名だったらしくて、うちの小隊に辻斬りの正体を見極めて捕まえろという命令が来たんだ。実際、警察にもこの話はいっているらしいが、いまのところ有力な情報はほとんどあがってないみたいだな」

聖は、小さく嘆息した。

辻斬りというと、武士などが通行人を刀で切り付けることをいう、というのは多恵も知っている。帝都の街角にある芝居小屋で、夫が辻斬りにあって殺された妻が復讐するという話を見たことがあった。

しかし、何十年も前に文明開化がおこって幕府も武士もいなくなったいまとなっては昔話の中だけのことだと思っていた。

それに。

「聖さんたちのお仕事って、その、怪異？　でしたっけ、そういうものを扱うとおっしゃっていましたが、辻斬りなども扱うんですね」

多恵はなんとなく気になって口にしただけだったのだが、聖たち三人はその言葉に押し黙る。

なにか間違ったことを言ってしまったかと内心ドキドキするが、聖ははぁとため息を漏らした。

「最初は警察も通り魔のたぐいかと考えて捜査していたようだが、被害者や目撃者から怪異が絡んでいる可能性がでてきたんだ。それで水野子爵も俺たちに頼んできたんだろうな。ただ、原因が怪異だったとしても、どんな怪異が関わっているのかまではまだまったくわかってない。結局、夜廻りして現場を押さえるしかないだろう」

少し春めいてきたとはいえ、まだ夜はかなり冷え込む日もある。そんなときに夜廻りをするなんて、大変そうだ。

大悟が、両手を木刀でも持つような形にして振るように上下に動かす。

「誰もおらんのに刀だけが闇の中から襲ってくるんやってさ。血まみれの女が襲いかかってきたっちゅう目撃証言もあったな。どっちにしろ、月のない深夜に一人でいる人間を襲うなんて普通ちゃうわ。しかも金銭は一銭も盗られてへんいうから、物取りとも違うしな」

「すでに重傷者だけでなく、後ろから刀で斬られたと思しき死体もその近辺で見つかっています。一刻も早く犯人を捕まえないと……」

庄治も眉間に皺を寄せる。

「し、死体、ですか……」

多恵は闇の中から刀が襲ってくる様子を想像して、怖さに腕で身体を抱いた。

「心配しなくても、俺たちが捕まえる。すまないが、これからしばらく夜は遅くなるだろう。朝までかえってこられない日もあるだろうから、君は気にせず寝ててくれ。ああ、俺がこの部屋にいないなら君がここにいる必要もないな。自分の部屋で寝てくれても構わない」

そんな恐ろしい任務に向かわなければならないというのに、聖は多恵のことを気にかけてくれる。寒い夜に屋外で捜査をしなければならない聖たちのために何かできないかと考えて、多恵はハッと思い立ち、思わず聖の腕を摑んだ。

「……私、お弁当つくります。夜、歩き回ってたらお腹もすきますし。あ、もちろん、聖さんだけじゃなく、大悟さんと庄治さんの分も」

聖は驚いた顔をする。

「……いいのか？」

多恵は、にっこりと元気に笑った。

「はいっ。腕によりをかけてつくりますから。楽しみにしててくださいね」

聖の返事よりはやく、大悟が歓声をあげる。

「やったぁ！　また多恵ちゃんの料理が食べられる！　いやぁ、聖に多恵ちゃんがつくってくれる夜食が美味くて楽しみやって自慢されるたびに羨ましかってん」

「え、ひ、聖さんが……？」

聖が夜食のことをそんな風に大悟に話していたなんて、意外すぎて信じられなかった。どちらかというと多恵の自己満足で押し付けてしまってはいないかと不安だったのだ。

「言うんじゃない」

聖はそっけなく言うと、ふいっと多恵から顔を背ける。だが一瞬見えた彼の表情はどこか気恥ずかしそうだった。

（私の料理、楽しみにしててくれたのかな）

多恵の胸の中にも嬉しさがじんわりとひろがり、ぽかぽかとあたたかな気持ちになってくる。

（頑張って美味しいお弁当つくらなきゃ）

辻斬りの夜廻り捜査が終わるまで彼らに弁当をつくる約束をとりつけることができた多恵は、明日から何を弁当に入れようと考えるだけで胸が躍るのだった。

翌日の夜から辻斬りを捕まえるための夜廻りがはじまった。

聖の小隊は聖も含めて大悟と庄治の三人しかいないので、他の隊にも人員を出してもらえるよう要請をだしてはいた。しかし、他の隊も抱えている仕事は多いため、毎日人員を割いてもらえることは見込めなかった。ここ最近、帝都には怪異がらみと思われる事件や事故が頻発している。数年で急増しているともいえた。

聖たちの小隊だって、扱っている事件はこの辻斬り事件だけではない。主に追っているのは、『振袖火事』と呼ばれる怪異に関する事件だった。しかし、その捜査も辻斬りの方がひと段落するまでは後回しにせざるをえないだろう。水野子爵から『早く解決しろ』という電報や文もひっきりなしに届くのだ。

その日は、薄雲に月が見え隠れする夜だった。

深川界隈を聖と大悟の二人で見回る。大悟は夜目が利くため、この程度の薄明かりの中でも提灯なしで歩くことができた。

このあたりは海辺に近く、御一新以前から埋め立てが盛んに行われてきた地域だ。埋め立てられた広い土地には大きな工場がいくつもたち、その間を埋めるように小さな庶民の平屋住宅が建ち並んでいる。ところどころ空地もあって、そこが雑木林や竹林のようになっていた。

夕刻に工場から工員たちが帰ってしまえば工場周辺はひっそりと静まり返り、平屋住宅の住民たちも夕餉の時刻を過ぎれば早々に家の明かりを消して寝静まってしまう。

土が剝き出しの道路にはガス灯もなく、日が暮れればあちこちに闇が広がっていた。

「ほんま、人があんまおらんとこやな」

大悟は小さく欠伸(あくび)をした。のんびり歩いているようにみえるが、大悟はほとんど獣のような嗅覚(きゅうかく)や聴覚で不審なものを嗅(か)ぎ分ける。その五感を聖は信頼していた。いままでなんど助けられてきたかわからない。

聖も自然な仕草であちこち目配りしながら歩くが、時折雲間から月が顔を出すときだけようやく朧(おぼろ)げに周りが見えるだけで、月が隠れてしまえばほとんど見えない。それでも灯火をつけないのは、光に目が慣れてしまうと光が当たる場所以外がかえって何も見えなくなってしまうからだ。犯罪者も怪異も暗闇の中に潜むのだから。

暗闇に沈む道に二人の足音と声だけが響いていた。

「こうやって、軍服着た奴らが歩き回っているだけでも抑止力になる。それで辻斬り(つじぎ)がなくなるならそれでもいい。俺たちは警察ではないからな」

警察も軍とは違う面子(メンツ)で捜査を続けているという。人間の仕業なのであれば、警察でも捕まえられるだろう。

しかし、怪異の仕業だった場合、おそらく警察では役に立たない。そうなれば、自分たちにしか対処できないだろう。それに相手が怪異だった場合、見回ったり人の目が増えるだけで消えることもあるのだ。怪異相手では逮捕して解決という手段がとれない以上、それが最善の策でもあった。

「そういや、夕方に聞いた、真夜中に子どもの遊ぶ声がするっちゅう地蔵があるんは、このあたりやったっけ」

大悟が急に声を潜める。それは日の出ている時分に地域の聞き込みをしたとき、近隣住民から聞いた話だった。

真夜中に子どもたちの遊ぶような声がするので、住民がいぶかしく思って見に行ってみると、闇夜の中に血にまみれた子どもたちが蹲っているのを見かけたという気持ちの悪いものだ。そういう怪異も、この辺りではたびたび目撃されているようだった。

「地蔵があるのは、もう少し行ったところじゃないか？」

「オレ、辻斬りよりむしろ、夜中にこんなところで子どもに出くわす方が嫌やわ」

「迷子の可能性もあるから保護しなければならないしな」

「どうする？ そんで保護しようとして捕まえてみたら、血まみれでケタケタ笑ってたら。……うう、そんなん考えてたら怖わなってくるな。そや、楽しいこと考えよ、楽しいこと。今日の多恵ちゃんの弁当、何やろな。昨日はオレの大好物の唐揚げやったし、今日は魚やろか。鮭も好きやなぁ。オレはもうこの弁当が楽しみで夜廻りしとるようなもんや」

さっきまで震える声を出していたのに、一転、遠足の弁当にわくわくする子どものように大悟は言う。

相変わらず感情の忙しいやつだなと思いながら、なにげなく聖は肩から下げた、支給品の雑嚢に手をあてた。硬いものが指に触れる。そこには多恵がつくってくれた弁当が入っていた。屋敷を出る時に渡してくれた多恵を思い出すだけで、ふわりと胸の奥があたたかな心地になった。

思えば多恵が夜食をつくってくれるのを、いつしか心待ちにしている自分がいた。それが、夜廻りするようになると、多恵は大悟と庄治のためにも夜食がわりの弁当をつくるようになった。

そのことがちょっとだけ、心の奥でざらつく。

「多恵はお前のためだけにつくってるんじゃない」

つっけんどんに言うと、大悟はけらけら笑った。

「お、嫉妬か？」

「うるさい。……ちょうどいいから、そろそろ夜食の時間にするか」

「そうやな」

といっても、特段座るための場所などない。竹藪を背にして、二人はその場に座り込んだ。

ちょうどそのとき、雲が切れて月があたりを照らす。

雑嚢から取り出した曲げわっぱの弁当箱。開けると、大悟が歓声をあげた。

それをうるさいなと思いながらも、聖の顔にもわずかに笑みが浮かぶ。

半分が白ご飯、半分におかずが入っている。

白ご飯の上には、茶色い鶏ソボロ。おかずには、ふっくらとした卵焼きに、サバの胡麻焼き、豆を甘く煮たお多福豆、きんぴらごぼう、それに芋羊羹まで入っていた。

いつもは騒がしい大悟も、多恵の弁当を食べ始めてからは一言も発しない。夢中で箸を動かしていた。

聖も卵焼きを口に入れた。口に入れたとたん、じゅわっと出汁が染み出してくるようで卵の旨みが口の中に広がる。鶏ソボロは白ご飯と一緒に箸で口の中に入れると、甘辛さがちょうどいい。

多恵は、定食屋を一人で切り盛りしていただけあって、料理の腕は一人前だ。屋敷の厨房で働く料理人たちにも引けをとらないだろう。

でも、それだけじゃなく、彼女のつくる料理を食べていると、疲れがふわりと身体から抜けて出て気持ちがほっこりとあたたかくなるような心地になることがあった。

鷹乃宮家のこと、分家たちとの付き合い、軍でのあれこれ、そして自らが背負った業……そのどれもが、聖の心を荒ませる。だけど、多恵の料理を口にすると、そういった心の中の強張りがするりと解けて安らかな気持ちになれるように思うのだ。

あたたかな心根をもった多恵がつくる料理だからだろうか、そんなことを漠然と考えていたのだが、

「多恵ちゃんの料理って、食べるとなんや、妙に心ん中がすっきりするやんな。雑念がなくなるっちゅうか。不思議やなぁ」

食べ終えて弁当箱を片付けながら大悟がそんなことを呟くのを聞き、聖はぎくりとし

た。

「……やはり、そう思うか？」

自分だけの感覚ではなかったのか。自分だけが多恵の料理に特別な感情を抱いているわけではなく、もしかしてこれは彼女の料理を食べた誰もが感じることなのか。

いままで料理を食べてこんな感覚をもつことはなかった。

だとすると、多恵の料理に何かあるのだろうか。

聖は、ハッとして弁当を傍らに置くと、代わりに傍に置いてあった自らの軍刀を手に取った。

鞘（さや）からすらりと刀身を抜く。おぼろげな月光に照らされて妖刀・血切丸の刀身が闇に青白く浮かび上がった。

その刀身に浮かぶ黒ずみに目を凝らし、聖は鋭く言う。

「大悟。明かりを」

「え？　あ、ああ、わかった」

大悟は急いで雑嚢の中から携帯ランタンを取り出し、マッチで火を点（つ）ける。薄黄色い光を発するランタンを聖に向けると、聖はその明かりで刀を照らした。

「……減ってる」

聖は刀をまじまじと見つめたあと、啞然（あぜん）とした声でつぶやいた。

「へ？」

わけがわからず聞き返す大悟。
いつも冷静な聖が、狼狽を隠さず声をあげた。
「刀の黒ずみが減ってるんだ……」
「え、ええっ⁉　そんなわけあるかいっ‼」
大悟も信じられない面持ちで刀を凝視した。だが、凝視したところで微量な変化など
わかるはずもないだろう。実は聖自身にも何となくそんな気がするぐらいのものなのだ。
「そうだ。定規があったはずだ」
聖は雑嚢に入れてあった小袋から定規を取り出すと、柄から黒ずみの先端までの長さ
を測った。
「……やっぱり。ほんの少しだが、確実に減ってる」
間違えるはずはなかった。いつも深夜に一人で部屋に籠るとき、この黒ずみがどれだ
けの長さがあるのか測っては、また増えたと落胆してきたのだ。
この刀を前当主である父より引き継いでから一度たりと減ることのなかった黒ずみ。
これは倒した怪異の血の染みなのだと教えられてきた。だから、怪異を倒すたびに染み
は増えるのだと。黒ずみが先端まで達すれば、そのとき……。
『刀の持ち主は、刀に精神を乗っ取られる。そうなればもう、血切丸の手足となって人
も怪異も関係なく斬りまくる傀儡となりはてるだろう』
幼き日に、何度となく教えられてきた父の言葉が脳裏によみがえる。

事実、かつての当主の中には血切丸に乗っ取られて、家人使用人関係なく無差別に斬り殺した者もいた。その殺戮は、家臣に息の根を止められるまで続いたという。

だからそうなる前に、当主は命を絶つのがしきたりだった。当主の命をこの血切丸で絶つことによって、当主の血により穢れた黒ずみは洗い流され、再び綺麗な状態に戻って次の当主に引き継がれるのだ。

聖は前当主の父が失踪したことで、すでに父が討伐した怪異の血で半分ほど黒ずんだ血切丸を受け継ぐことになった。歴代の当主の中でもかなり異例なことだった。

このまま怪異を討伐し続ければ、全体が黒ずむまであと十年あるかどうかと言われている。

その忌まわしい血切丸の黒ずみが減ることがあるだなんて、思ってもみなかった。

減った原因があるとしたら、考えられるのは多恵の存在しかない。

（まさかな……）

聖は傍らに置いた食べかけの弁当を見つめるのだった。

その後、休憩を終えて数時間近隣を見回りしたが、怪しいものは特になにもなかった。途中、よっぱらいが地面に寝転がっていたので、近くの交番まで背負って連れて行ったくらいのことだ。

明け方近くになって、聖はようやく自分の屋敷へと戻ってくる。大悟とは玄関の前で別れた。大悟には、どうせ同じ敷地内に住んでいるのだから屋敷の中に部屋を設ければいいのにとずっと言っているのだが、「オレも使用人やからな」といつも笑ってはぐらかされる。

そんな大悟も今日はさすがに疲れたのか、

「ほんじゃ、お疲れ」

と言って、使用人たちの住居が建つ一角へと帰っていった。

聖は屋敷に入り、廊下を歩く。外套(がいとう)を着ていても寒さに凍えそうだった。

自室のドアをそっと開けて、火鉢で暖められた部屋に入ると、ほっと息をついた。

奥の和室で多恵が寝ているはずだ。

起こすわけにはいかないから極力足を忍ばせ、音を立てたくなかったので着替えもせずにそのまま長椅子に横になって毛布をかぶろうとしたときだった。

奥の和室の障子がすっと開いたかと思うと、浴衣(ゆかた)の上に茶羽織を羽織った多恵が裸足(はだし)のまま、聖の前へたたたと駆けてくる。

「おかえりなさい、聖さん」

「まだ起きてたのか？」

驚く聖の腕を、多恵は有無を言わさずぎゅっと両手で摑(つか)んだ。

「お疲れなのに、長椅子なんかで寝ちゃだめです。私がこっちで寝るので、聖さんはお布団の方に行ってください。聖さんは、お仕事に、学校に、家のことにと大変なんだか

らえるよう

のがわかった。こんな、行燈（あんどん）のわずか

りしかない薄暗い室内なのに、なぜか彼女の表情はよくわかる。

その嬉（うれ）しそうな表情が可愛くてたまらなくて思わず抱きしめたくなっている自分の気持ちに、聖は内心はっとした。

（俺は、彼女に今何を……）

そんな聖の戸惑いをよそに、多恵は聖の腕を摑んだままぐいっと引っ張った。

「美味（おい）しいっていわれると作り甲斐（がい）があります。また明日（あした）頑張りますね！　でも、ほら腕もこんなに冷たくなってる。はやくお布団に入って温まらないと風邪ひいちゃいますよ」

どうやら、和室まで連れていきたいようだ。聖は小さく苦笑を浮かべると、長椅子から立ち上がった。

「わかった。わかったから。布団に行くよ。でも、君をここに寝かせるわけにもいかない。君も布団で寝るんだ。それでいいんなら俺も布団で寝ることにする。ちょっと着替えるから先に和室に行っててくれ」

どうせ、はじめから布団は二つ敷いてあるのだ。離して寝るしかないだろう。

「わ、わかりました。長椅子で寝ちゃダメですからね」

多恵は聖の腕から手を離すものの、念を押すと和室に戻って障子を閉めた。

仕方なく聖は普段寝るときに使っている冬用の厚手の浴衣に着替えると、和室の障子を開けた。

布団は二つあり、離しておいてある。その奥の布団にはすでに多恵がこちらに背を向けて寝ていた。

手前の布団に静かに入ると、布団の中があたたかい。冬の布団といえば冷たいのが定番だ。なぜあたたかいのだろうと不思議に思っていると、こちらに背を向けたまま多恵が言うのが聞こえた。

「寒そうだったから、ちょっとでもあたたかい方がいいかなと思って、私の布団と交換しちゃいました。お嫌だったら、戻しますけど」

多恵がさっきまで寝ていた布団だったからあたたかかったのだと、ようやく腑に落ちた。となると、多恵が今寝ているのは冷え切った布団だ。申し訳なく思ったが、いま『戻してほしい』といえば、なんだか多恵の親切を無下にしたようで具合が悪い。

「いや、いいよ」

聖はそう短く答えると、布団の中に潜り込んだ。

ふわりと包まれるあたたかさ。嫌な気持ちは微塵もない。むしろ、心までぽかぽかとあたたまってくるようだった。

聖はそのままとろりと眠りに誘われ、いつしか深い眠りに落ちていった。

翌日、目を覚ました多恵だったが、意識がはっきりするにつれて昨日勢いで聖を和室に連れ込んだことを思い出して急に顔が熱くなる。布団に入ったあとは顔を合わせるのが気恥ずかしくて背中を向けたままいつの間にか眠ってしまったが、聖はあのあとちゃんと寝られただろうか。

少しドキドキしながら隣の布団に目をやると、そこにはすでに聖の姿はなかった。

(もう起きちゃったのか……)

多恵も起き上がって目をこすりながら障子を開けると、洋室にいた聖と目が合う。彼はちょうどカフスボタンを留めようとしているところだった。

「ああ、おはよう」

「お、おはようございます」

少しどぎまぎしてしまう。昨日、彼が長椅子で寝ていることが納得できなくてつい和室に連れてきてしまったこと、はしたなく思われてないだろうか。そんな乙女のようなことを心配してしまったが、彼はまったく気にした素振りはなかった。

「あ、そうだ。これ、返しておかないとな。ありがとう」

聖は、机の上に置かれた雑嚢から空の弁当箱を引っ張り出して多恵に渡す。

受け取った弁当箱は軽い。全部食べてくれたんだと、少し嬉しくなった。

「いえ、今夜もまたつくります。聖さんが食べたいものがあったら何でも言ってくださいね」

彼は苦手な食べ物もないようだが、これといって好きなもののもないようなのだ。食べ物にあまりこだわりがないともいえる。だから、ほんのちょっとでも好むものがあれば教えてほしかった。

しかし、聖は顎に手をあててしばらく考えたあと、

「そうだな……なにか菓子でもあったら、いいかもな」

と、意外なことを口にした。

「お弁当のほかに、補食としてお菓子がいる感じですか？」

「あ、いや、俺が食べるんじゃなくて。お供えできたらいいかなと思ったんだ」

聖は、昨日、夜廻りした辺りの近隣住民から聞いたという話を教えてくれた。

なんでも、辻斬りとは別に夜中に血まみれの幽霊らしき子どもが目撃されているとい

うのだ。

「幽霊らしき子たちは、どうやら竹藪(たけやぶ)の裏にある地蔵の辺りによく出るんだそうだ。ちょうど昨日、あの辺りを夜廻りしていてそれらしき地蔵をみつけた。なんとなく、菓子の一つでも供えてやったらいいかなと思ってな」

「そういうことだったんですね。わかりました。子どもが好きそうなものも作っておきますね」

子ども向けとなると、やはりお団子やお饅頭(まんじゅう)なんかの甘いものがいいだろう。お地蔵さんは、子どもを守る神様だ。多恵がかつて住んでいた商店街の裏手の川沿いにも小さなお地蔵さんがあって、よく母とお供え物をしていたことを思い出す。下町にはあちこちにお地蔵さまや小さな祠(ほこら)があって、掃除したりお供え物をしたり、毎日のように手を合わせたりと日常の中に溶け込んだ存在だった。

「お地蔵様かぁ。私も小さいころからよく母と一緒に手を合わせてました」

懐かしさにほっこりと顔を綻(ほころ)ばせていると、じっと聖が見つめてくる。

なんだろう？　と思っていたら、

「なんだったら、夜廻りの始まる前に夕方にでも、一緒にお供えに行ってみるか？」

なんて予想外のことを言い出した。

「え、いいんですか？　でも、お忙しいんじゃ」

「いや、今日は大学校の授業もいつもより早く終わる日だから大丈夫だ」

「ほんとうですかっ。じゃ、じゃあ……行きたいですっ」

多恵の声が、つい弾む。鷹乃宮家に嫁いでからというもの、屋敷の中か、もしくは外に出られてもせいぜい庭を歩く程度しかできず、ずっと敷地の中に閉じこもりっぱなしだったのだ。

買い物などで外に出ても構わないと聖は前々から言ってくれていたが、それには鷹乃宮家の使用人か女中を連れていくことが条件だった。華族の奥方は一人では外を出歩いてはいけないらしい。

でも自分の用事で女中さんたちの時間を奪ってしまうのも申し訳なくて、結局閉じこもりっぱなしになっていたのだ。

だから、聖の申し出に心が弾む。久しぶりに外に出られるのが、無性に嬉しくてたまらなかった。しかも、聖と一緒に外出できることになんだか心がわき立っていた。

それなのに……。

「お、多恵ちゃんいま、なんで聖ちゃうんやろう。大悟が付き添いなんてがっかりやわって思ったやろ」

隣を歩く大悟に言われて、多恵はぎくりとした。

ときは夕刻。ここは、深川にある辻斬りが出るという界隈(かいわい)だ。夕焼けでどこもかしこも朱に染まっていた。

聖たちが夜廻りする時刻にはこのあたりはほとんど人通りがないと聞くが、この時刻はまだ近くの工場で働く工員たちや住民たちの行き交う姿もちらほら見える。

その道を大悟と二人で歩いていた。大悟の手にはお供え用に作ったお饅頭の入った風呂敷包みがある。

本当は聖と二人でくるはずだったのだが、彼は急に水野子爵に呼び出されたとかで来られなくなってしまったのだ。

それで代わりに付き添いできてくれることになったのが大悟だった。

「そ、そんなこと……ないですよ」

がっかり、しているのだろうか。自分でもよくわからない。けれど、今日は朝から聖と一緒に出掛けられると思ってわくわくしていたのは確かだ。

しかし迎えに来た大悟の姿を見て、膨らんでいた気持ちがぷしゅっと空気が抜けたように萎んでしまった。それを顔に出さないように努めていたのに、大悟にはあっさりと見破られてしまったようだ。そのことが恥ずかしくて、多恵は大悟と目を合わせられない。

「聖さん、子爵のお相手が大変そうですね」

なんとなく心に浮かんだ当たり障りのない話題をふってみると、大悟は思いのほか食いついてくれた。

「ほんまやな。しょっちゅう手紙も送ってくるらしいで。早よ、辻斬りの件を片付けろってそりゃうるさいらしくて、聖も面食らってたわ。ここを早く地上げして工場立てたいんやろうけど、子爵は他んとこにも工場いくつももっとんのにな」

多恵が水野子爵に会ったのは一度きりだったが、とてもやり手そうに見えた。ああいう人への対応は何かと難しそうだ。

少し歩くと竹藪が見えてくる。想像していたよりもかなり広い、竹林だ。ここの近くまでは屋敷の馬車で送ってもらったのだが、少し歩きたかったため幽霊の子供たちが出るというお地蔵さんのところまでは竹藪に沿って歩くことにしたのだ。

大悟は鷹乃宮の屋敷の敷地内に住んでいる。どうやら使用人たちが使っている使用人寮の一角で暮らしているようなので、聖が来られないとなると大悟が代わりに付き添ってくれることになるのはある意味仕方がないといえた。彼も、仕事から帰ってきたばかりだろうに付き添わせて申し訳ない。

「そういえば、大悟さんってなんで屋敷に住まないんですか？　屋敷の中にも部屋なら沢山あるのに」

「ああ、それな。聖にもよぉいわれんねんけど」

大悟は頭を掻く。

「一応、主従の関係はちゃんとしといたほうがええかなって思ってな」

「主従……なんですか？」

大悟は聖に対してため口だし、とても気さくに接しているのが傍目にもわかるので、まさか大悟がそんなことを気にしているとは思ってもみなかった。

　考えてみたら彼らは軍に所属しているのだから、その中で上下関係などはあるのだろうが、聖の方にもそれを気にする素振りは見たことがない。

　しかし大悟が口にしたのは意外な事実だった。

「オレは鬼の末裔なんやて。オレの祖先は、陰陽師として朝廷に使えていた聖の祖先に調伏された鬼やっていわれとるんや。酒呑童子っちゅう、鬼の統領やったやつな」

「……え？」

　いきなり鬼の話が飛び出してきて、多恵は驚きに目を大きくし隣を歩く大悟を見上げた。たしかに大悟は大柄だ。定食屋が火事になったとき、倒れてきた家屋に消火用の蒸気ポンプを投げつけて助けてくれたことからも、常人離れした腕力の持ち主であることも間違いない。

　でも、大悟はごく普通の人間に見えた。昔話にでてくる鬼のように真っ赤な顔をしているわけでも、頭に角を生やしているわけでもない。多恵の戸惑いを他所に、大悟の話は続く。

「それで聖の祖先に調伏されてからは、オレの一族はずっと鷹乃宮家に仕えてきたんや。オレのおとんも先代の鷹乃宮家の当主やった聖の親父さんに仕えてた。その前の祖父同士もそうや。大体、オレらは一蓮托生なんや」

　一蓮托生。つまり、運命を共にするということだ。

「一応生まれは関西やねんけど、十のころから親父とともにあそこの屋敷に世話になってきたんや。聖とは士官学校にも一緒に通っとったし、ほとんど幼馴染みたいなもんやな。そやけど、二年前に聖の親父さんとオレのおとんがともに失踪したときからやな。聖が当主になったのと合わせて一応けじめをつけたくて、オレは屋敷を出て使用人として暮らすことに決めたんや。そうせな、いざというとき決断できひんからな」

いざというとき決断できひん、そう語る大悟の目がなぜか深い哀しみの色をたたえているようにみえて、多恵は目をぱちくりとさせた。

しかしそう見えたのはほんの一瞬で、すぐに大悟はにやりと笑みを浮かべた。

「それに、新婚さんのおる屋敷で寝起きできるほど無粋でもないしな」

なんてことを言うので、多恵はぷぅっと頬を膨れさせる。

「大悟さんだって、契約結婚のこと知ってるくせに」

「わかっとるけど、案外、仲いいやん？　聖も、最近屋敷の中では表情明るいしな」

「ほ、ほんとに？」

「ほんまほんま。士官学校でも、軍で仕事してるときも、あいつほんまポーカーフェイスっちゅうかクールっちゅうか。表情一つ動かさず無情な仕事でも平気でこなすから、他の隊から陰で氷侯爵とか呼ばれてたりすんのに」

氷侯爵とは、なんとも酷い言い草だ。

ただ、しばらく一緒にいて多恵も薄々気づいてはいたが、聖はとても表情が薄い。というか、まるで自分の感情を表に出してはいけないのだと固く戒めているかのように感じることさえある。そうして周りに対して無表情を貫いているのは、もしかしたら重責を担う彼なりの処世術なのかもしれない。

「それがさ。多恵ちゃんの前やと雰囲気がやわらかいっちゅうか、目じり下がってるっちゅうか、全然違うんやもん。それ見とると、多恵ちゃんが屋敷にいてくれてよかったって思うんや。たぶん聖にとって多恵ちゃんと過ごす時間が安らぎなんちゃうかな」

大悟の言うようにもし本当に聖がそう感じてくれているのなら、こんなに嬉(うれ)しいことはない。少しでも彼の役に立っているのなら、多恵が屋敷にいる意味もあるというものだ。

冬の日が陰るのは早い。次第に空が朱から藍色(あいいろ)へと変わっていく。

「このあたりは、あれやな。辻斬(つじぎ)りが良く目撃されてるところの竹藪(たけやぶ)挟んで反対側なんやな」

大悟が竹藪を見上げながら言う。冬の寒さで茶色くなった竹の葉を、竹藪を抜ける冷たい風がさわさわと揺らした。久しぶりに歩く外の空気は冷たいがすがすがしい。

赤い夕陽が竹藪の間を通って、二人の影を長く伸ばす。

「あ、ほら、あそこや」

大悟が指さす先に、小さな石のお地蔵さんが見えた。多恵の腰ほどの高さの石柱を彫り出したもののようだ。それほど古いお地蔵さんには見えなかったが、道から少し竹藪の中へ入った場所に人々から忘れられたようにぽつんと立っていた。

多恵は大悟から風呂敷包みを受け取ると、包みをほどいて中から白布きんに包んだものを取り出す。そしてお地蔵さんの前にかがんで、布きんを開いた。中にはここに来る前に蒸しあげたばかりのこぶし大の饅頭(まんじゅう)が五つ。それを、お地蔵さんの前に置くと静かに手を合わせて目を閉じる。

死んでもなお彷徨(さまよ)う幼子たちが、一時でもこの饅頭を食べて心安らかになってもらえたらな。そんなことを心の中で祈った。

目を開けると、後ろに控えて待ってくれている大悟を振り返った。

「ありがとうございます。そろそろ行きましょうか」

「せやな」

ゆっくりと立ち上がり、お地蔵さんに背を向けて大悟とともに来た道を戻り始めた。

さわさわと竹が鳴る。

その竹の葉のざわめきの中に小さな声が混ざって聞こえた。

『オイ……シ……』

「え?」

多恵は声に引かれるように振り返る。

赤い夕陽が竹の間から差し込み、お地蔵さんを赤く照らしていた。

お地蔵さんの前に置いた五つの饅頭。その一つに大きな噛(か)みあとがついていた。

ぞわりと多恵の背筋が冷たくなる。

饅頭を置いてからまだ数分とたっていない。背を向けてからほんのわずかな間。その間に、誰があの饅頭を齧ったというのだろう。

ざわざわざわ。

風もないのに竹がゆれる。竹藪がざわめく。

（いや、違う。これは……）

竹の葉がざわめいているのではない。足音だ。

小さな足音がいくつも、竹の葉の積もった地面を走る音だと多恵は気づく。しかし、音のする方へ目をやっても不審なものは何も見えない。ただ、竹藪全体が赤く夕焼けに染まっているだけだ。

キャキャッと笑う声が聞こえた。声とともに、いくつもの足音が竹藪の中を駆け回っている。まるで子供たちが数人で遊んでいるかのようだ。しかし声や足音が聞こえるだけで姿はまったく見えない。

ここにいてはいけない。早くこの場を立ち去りたい。そう思うのに身体が固まって動かない。

「だ、大悟さん……」

助けを求めて大悟を呼ぶ。彼は、腰に挿していたサーベルの柄にいつでも抜けるように手を置き、腰を落として構える。

「ああ。なんかおるな。もしかしてこれ……。あ！」

大悟が叫ぶのと同時に多恵も気づいた。

さっきまでお地蔵さんの前には誰もいなかったはずだ。

そこにいま、子どもが五人、お地蔵さんを囲むようにしゃがみ込んでいた。

みなこちらに背を向けているが、どの子も着古した粗末な着物を着た子たちだった。

下は三歳くらいから、上は十歳くらいだろうか。

女の子も男の子もいた。

くちゃくちゃという音が聞こえる。どうやら、多恵が置いた饅頭を摑んで貪り喰っているようだった。

近所の子だろうか。そう思いたかったが、その子たちの足元には影がひとつもなかった。多恵と大悟の影は夕日で長く伸びているというのに。

多恵は一歩、後ずさった。そのとき、落ちていた小枝を踏みつけてぽきっと音が鳴る。

その瞬間、子どもたちはいっせいに貪り喰う手を止めた。

そして、子どもたちが多恵の方にゆっくりと顔を向ける。

（ひっ……！）

その目は、ぽっかりと黒い穴が空いているだけだった。その穴から赤い血が涙のように流れ出ている。

「…………！」

あれらが夜中に彷徨っているという子どもの幽霊なのだろうか。

なぜこんな時間に現れたのか、それになぜこんなにはっきりと見えているのだろうか。

わからなかったけれど、一刻も早くここから立ち去らなければならないと気ばかり焦る。

日はどんどん陰っていく。すぐに夜になってしまう。まだ明るい今のうちに。

（逃げなきゃ、逃げなきゃ！）

鉛を流し込まれたように動かない身体を無理やり動かそうと必死に身体へ命じるが、思うように動いてくれない。

そのとき、多恵の袖が誰かに引っ張られる感触があった。

大悟のはずはない。彼がいるのとは反対側の袖を摑まれたのだ。

（ヒッ……お願い、やめて……離して……！）

多恵は涙目になりながら、心の中で必死に頼む。

その耳に、幼い声が聞こえた。

『アノナ……ウチナ……アサリノシグレニガ、クイタイ』

（え？）

と思ったとき、急に肩を摑んで揺らされた。

「おい、大丈夫か？」

目の前に心配そうな大悟の顔があった。

「へ？」

「なんや、ぼぅっとしとったで。妙な事呟いとったし」

「呟いて……？」

呟いた記憶などなかったのだが、

「覚えてへんのか？　あさりのしぐれにがくいたい、あさりのしぐれにがくいたいって、ブツブツ呟いとったで」

大悟の言葉でぞわりと背筋が粟立った。

自分で呟いた記憶などまるでない。むしろさっき聞いたのだ。幼い小さな声で『あさりのしぐれにがくいたい』って。

慌てて自分の袖を見てみるが、すでに袖を引っ張るようなものは何もなかった。

お地蔵さんの前でしゃがんでいた子どもたちの姿も消えている。

さっき見たものは白昼夢だったのではないかと自分の記憶を疑いたくなったが、お地蔵さんの前に置いたお饅頭は綺麗になくなり、ただ白い布きんが残るのみとなっていた。

暗くなる前に多恵と大悟はいそいでその場をあとにした。

ほとんど駆け足で鷹乃宮家の馬車が待っている場所まで戻ってきて、馬車の座席に腰を下ろす。馬車が走り始めるとようやく多恵は安堵の息をついた。

最後に残っていたわずかな夕焼けがいま藍色に染まりつつある。

いまになって体が震えてきた。外套は着ているのに、ガタガタと体が震えてたまらず、多恵は両腕で自分の身体を抱いた。

「大丈夫か？　寒いんやったら、オレの外套貸そうか？」

大悟が心配して外套を脱ぎかけるが、多恵はぶんぶんと首を横に振った

「大悟さんは、怖くなかったんですか？」

何が、とは言わなかった。口にするのすら恐ろしかった。

幽霊の類を見たのは初めてだ。今でも、あの子たちの目玉のない、ただぽっかりと空いた黒いだけの目や血涙が脳裏に焼き付いている。

だが、同じものを見たはずなのに大悟はそれほど動揺しているようには見えなかった。

彼は、へらっと笑う。

「せやなぁ、数え切れんくらいああいうの見てるしなぁ。特四やちゅうんもあるけど、生まれが生まれやから、怪異と対峙するんは生業みたいなもんやし」

そうか。彼にとって幽霊と対峙するのは、いつもの仕事の一環にすぎないのだ。きっと、聖もそうなのだろう。

「大変なお仕事なんですね……」

聖たちの仕事の内容を聞いてはいたが、その大変さを全然わかっていなかった。改めて、その過酷さの一端を垣間見た気がした。

車窓はすっかり暗くなっている。しかし、人の多い通りを通っているため、等間隔に

設置されたガス灯や建物の照明で辺りは明るい。

さっきまでいた竹藪の寂しさとは大違いだ。

(あの子たちはいまもあそこにいるんだろうな。ううん、もしかしたらずっと昔からあそこに……)

人は死んだときに強い後悔を残すと、魂がその場に残り続けて幽霊になるのだと聞いたことがある。

だとすると、あの子たちはなぜあの姿でこの世に留(とど)まり続けているのだろう。

幼くして亡くなったのだろうか。

おそらく、まともな死に方をしていないだろうことは想像がついた。

あの子たちが着ていた着物は、よくよく思い返してみるとかなり古いものに思える。いまどき庶民でもあんなつぎはぎだらけの着物を着たりしない。今の時代に合わない、もっと古い時代の貧しい子たちのように思うのだ。

(お饅頭(まんじゅう)、おいしいって言ってくれてたな)

そう思うと、さっきまでの恐怖も少し薄れてくる。逆に、あの子たちが可哀想にも思えてきて、なにか自分にできないかと考え始める。

(そういえば、あさりのしぐれ煮が食べたいって言ってた)

多恵は胸の前でぎゅっと拳(こぶし)を握る。

「私、あさりのしぐれ煮をつくりたい！」

つい大きな声がでてしまって、大悟がびっくりしたようにこちらを見る。

「へ、しぐれに？」

「はいっ。また、あの子たちに食べさせてあげたいんです」

多恵は拳を握ったまま、にっこりと笑った。

鷹乃宮家の屋敷に戻ると、すぐに深川で見た子どもの幽霊のことを報告しようと、大悟と共に聖の部屋に赴いた。

「聖！　ちょい話があんねんけど！」

大悟はドアを開けるなり、大きな声をかけながらどかどかと室内に入っていく。

多恵は大悟の大きな背中の後ろからひょこっと顔を出して、

「いまもどりました」

声をかけると、軍服姿のまま長椅子に腰掛けて腕を組んでいた聖がこちらに顔を向ける。

「ああ、おかえり」

「おかえりなさい」

向かいの席でぺこりと頭を下げたのは、庄治だ。

「なんや、庄治も来とったんかいな」

大悟は庄治の隣にどかっと腰を下ろしたので、多恵はどうしようかと迷うけれど、突っ立っているのもおかしい気がして聖の横にちょこんと座る。

庄治は、隣の大悟に眼鏡の奥からキッときつい視線を向けた。

「報告に来てたんだ。相変わらず声も態度もでかいやつだな。もうちょっと静かにできないのか？」

大悟は庄治の苦言をものともせず、ハハハと笑う。

「昔からよぉいわれる。しゃぁないやん。お前と違ごうて背ぇでかいねんから」

あからさまにバカにする口調に、庄治は声を荒らげる。

「なんだと！　まだこれから伸びるんだ！」

「二十歳とっくに過ぎたら無理やろ」

二人の言い争いはいつまでも続きそうだったが、聖が冷たくぴしゃりとたしなめた。

「いい加減にしろ、お前たち」

それで二人の言い争いはぴたりと止まる。息が合っている様子に、もしかしたら聖がこうやって止めるまでが毎回のことなのかもしれないなんて多恵は内心思う。

「ちょうどいい、オレにも庄治の報告を聞かせてや」

大悟は庄治に促す。庄治は低卓に置いた報告書を手にするものの、多恵をちらと見た。

「いいんですか？」

と聖を窺うが、聖はあっさりと、

「ああ、別に構わないだろう」

と答えたので、庄治は報告書を見ながら報告を始めた。

「辻斬りの目撃情報について調査の結果を集計しました。やはり大まかにわけて、刀だけが襲ってくる場合と、古い意匠の粗末な着物を着て髪を振り乱した鬼婆のような女が刀で襲ってくる場合の二種類があるようです。刀だけが襲ってくる場合では、天候はすべて月が出ていない深夜です。被害者の年齢層はまちまち。しかもどの証言でも背後から襲ってきたと生存者は言っています。斬られて振り返ると、刀だけが闇の中に浮かんでいた……という証言が多いですね。一方、女が襲ってくる場合だと、天候も時刻もまちまちです。夜が大半ですが、まだ日ののぼっている時分に目撃されたことすらあります。こちらは二言三言、会話を交わしている者もいましたが、会話はなりたたないみたいです。場所は刀だけが襲ってくる場合とほぼ重なります。深川の竹藪を中心とした住宅地一帯です。ただ、被害者は不思議なことに男性ばかりですね。それぞれの時刻や天候、場所、被害者の証言の詳細、怪我の程度などはこちらに詳しく記してあります。近隣で死体も二体みつかっていますが、そのどちらも背中から斬られた傷が致命傷になっていました」

庄治は掻い摘んで報告書を読み上げると聖に手渡した。聖はそれを受け取り、ページをめくってじっくりと目を通す。

「わかった。場所はやはりあの竹藪周辺が一番多いみたいだな。古い意匠の着物を着た女、か……。あのあたりの地域の歴史と地縁を百年以上前まで遡れるだけ遡って調べてみてくれ。引き続き、調査を頼む」

聖の言葉に、庄治は敬礼で応(こた)える。

「はいっ」

多恵は聖の隣で庄治の報告を聞きながら、なにか心にひっかかるものを感じていた。

(古い意匠の粗末な着物……)

今日の夕方にお地蔵さんの前で見た子どもたちの姿が脳裏に浮かぶ。

(あの子たちが着ていた着物も昔のものだった)

もしかして『髪を振り乱して刀で襲ってくる鬼婆のような女』とあの子たちは何らかの関係があるんじゃないか。そんな気がしたのだ。

「あ、あのっ、私もお話ししていいですか」

多恵が声をあげると、大悟も続く。

「そうやそうや。聞いてや、さっきあの竹藪にある地蔵のとこに多恵ちゃんと行ってきたんやけどな。見たで。子どもの幽霊」

聖と庄治が、驚いた目を大悟に向ける。

「間違いないのか？」

聖の言葉に大悟は頷(うなず)く。

「ああ、ほんまほんま。この目でしっかりと見たで。五人くらいおった。つぎはぎだらけの着物着て、足は裸足(はだし)やったわ」

「その話、詳しく聞かせてくれないか」

聖が二人に向けて言う。こくりと多恵は頷くと、聖と庄治にいましがた見てきたものをすべて話した。

『あさりのしぐれ煮が食いたい』と誰かに言われたことも話したが、これには大悟が驚いていた。どうやら同じ場所にいたのに、大悟はその声を聞いていないらしい。

（きっと、あの子たちは私に頼んできたんだ）

これは何としても、あさりのしぐれ煮をあの子たちに届けなければと気持ちを新たにする。再びあの場所に行けば、またあの子たちが現れるかもしれない。

怖くないと言えば嘘になる。

それでも、怖いからと言って逃げたくはなかった。

ここで逃げてしまったら料理人の名折れだ。

（あの子たち、泣いていたもの）

血の涙だろうとなんだろうと、涙は涙だ。あの子たちはたしかに泣いていた。悲しみに包まれていた。何がそんなに悲しいのか多恵にはわからない。それでも、その悲しみが少しでも癒えてくれたらと願うのだ。

「それで、あそこにお供えしにまた行くのか？　正直、日中もそんなに危険があるならもう……」

聖は心配そうに眉を下げて多恵に尋ねる。聖は多恵を危険があるかもしれない場所にこれ以上行かせるのは気が引けるようだったが、多恵は彼の憂いを振り払うように三つ編みを揺らして大きく頷いた。

「行きます！　だって、あの子たちに頼まれちゃいましたもの。ぜひ、美味しいあさりのしぐれ煮を食べてほしいんです」

どうか行くなとはいわないでほしい。彼が行くなと言えば、多恵はあそこに行く手段を失ってしまう。きっと一人で外には出してもらえないだろう。

多恵が必死な思いで聖をじっと見つめると、聖も多恵を見つめ返すが、先に折れたのは聖の方だった。

「……わかった。その代わり、今度は俺が必ずついていく」

「ありがとうございますっ」

多恵はほっと笑みを零した。

それからしばらく聖は忙しくて、なかなか多恵の付き添いができない日が続いた。

その間も、多恵は厨房長の嘉川と相談しながら、しぐれ煮の試作に勤しんでいた。

ちなみにできあがった試作品は、料理人たちをはじめ使用人たちみんなで喜んでご飯のお供にしたし、聖たちの弁当にも使ったりして好評だった。

あのお地蔵さんがあるのは深川の中でもかなり海に近い場所だ。

あの子たちが生きていたのが数十年前から百年ほど前だと仮定すると、埋め立てが進んだいまよりさらに海に近かったはずだ。

だから使うあさりはもちろん、近海のもの。

しぐれ煮というと、ショウガ、砂糖、醤油などで煮詰めてつくるのが一般的だ。しかし当時は白砂糖は貴重品だったはず。だから、あえて黒砂糖の中でも等級の低いものを選んだ。

鷹乃宮家の厨房にある料理酒は特級品の清酒だったが、嘉川の話によると昔は度数の高い酒は庶民の口には入らなかったという。そこで、わざわざ嘉川と一緒に酒屋さんに行って一緒に料理酒を選んだりもした。

そうして、いま作れる最高のあさりのしぐれ煮ではなく、試行錯誤しながら当時、あの子たちが親しんだであろう味を再現することに努めた。

多恵は鍋の中で煮立つあさりのしぐれ煮を菜箸で手のひらにとると味見する。

濃いめに甘辛く味付けされたあさりは噛めば噛むほど味が染み出してくる。そこにぴりっとショウガの風味が効いて、どんどん食べたくなってしまう味にしあがった。

（よし、これならいけそう）

ようやく目指す味が完成したことにほっと胸を撫で下ろした。

嘉川にも味見してもらったが、彼は口に入れてよく噛みしめたあと、

「懐かしい味ですね。私が子どもの時分に祖母につくってもらった佃煮がちょうどこんな味でしたよ」

と、お墨付きをくれた。

その日の夕方、聖もようやく多恵の付き添いをする時間が取れたと言って屋敷へ戻ってきた。

多恵はあさりのしぐれ煮を蓋付きの陶器の器に入れると、風呂敷で包む。

そして日が暮れる前に多恵は聖とともに再び深川にあるお地蔵さんのところにやってきた。

馬車でいきなり乗り付けるとあの子たちを驚かせてしまうかもしれないので、今日も馬車は少し離れたところに置いてお地蔵さんのところまでしばらく歩いていく。

彼と一緒に歩く。ただそれだけのことなのに、幸せな気持ちが多恵の心の中に広がった。歩きながら話す話題は他愛もないことだ。この前庭先に遊びにきた三毛猫が可愛らしかったとか、昨日使った卵の中に黄身が二つ入っていたとか、そんな些細なことばかり。ほとんど多恵が一方的に話しているだけだったが、聖も静かに聞いていて時折相槌をうってくれる。そんな二人の時間が多恵には宝物のように思えた。

もっと話していたかったが、そろそろお地蔵さんが見えてくる。

しかも前回来たときと違って、空には雲がかかり風も冷たかった。

「これはひと雨くるかもしれんな」

聖は空を仰ぐ。

「帰るまで天気がもってくれるといいですよね」

多恵はお地蔵さんの前までくると、しゃがんで風呂敷包みを解いた。中から陶器の器を取り出してお地蔵さんの前にそっと置く。

蓋を開けてそばに並べると、静かに手を合わせて目を閉じた。

隣で聖もしゃがみこんで手を合わせるのが気配で分かった。

(あさりのしぐれ煮を持ってきました。どうか気に入ってもらえますように)

そう願うと目を開ける。

「よし、いくか」

「そうですね」

聖とともに立ち上がり、もう一度お地蔵さんを眺めてから多恵は背を向けて彼と並んで歩き始めた。

(そういえば前回も、帰ろうとしたときにあの子たちは現れたんだっけ)

そのことを聖に知らせようと口を開きかけたときだった。

『カアチャンノ……ト……オナジアジ……ダ……』

背後から子どもの声がした。どこか嬉(うれ)しそうな響きがあった。

聖と二人で、すぐに後ろを振り向くが、そこにはただお地蔵さんがあるだけだ。子どもの姿は見えない。

でも、あれだけ器にたっぷりいれてあったあさりのしぐれ煮が少しなくなっているように見えた。

(食べてくれたのかな)

さっきの嬉しそうな声が忘れられない。聖と顔を見合わせると、自然と笑みが浮かんだ。聖も微笑む。

頑張って作って良かった。やっぱり食べてくれた相手が喜んでくれるのが何より嬉しい。

「さぁ、戻ろう。どんどん雲が黒くなってきた」

見上げれば、さっきよりも黒雲が明らかに増えている。空の上は風がつよいらしく、どんどん黒雲が流れてきていた。

「そうですね。急ぎましょうか」

言うやいなや、ぽつりと大粒の雫が多恵の頭に落ちてきた。瞬く間にぽつぽつと雨粒が辺りに降ってきて、地面がどんどん濡れていく。あいにく傘は持ってきていなかった。

「走れるか？」

「はいっ」

彼が外套の中に多恵を入れてくれる。少し気恥ずかしかったけれど、周りには誰もいない。気にしないことにして一緒に走った。

ぴちゃぴちゃと足元で水が跳ねる。

しかし、雨の勢いはますます強くなっていった。

「仕方ない。しばらく雨宿りをするか」

聖が指さす方向に、住宅の軒が見えた。そこまで走って行き、雨脚が収まるまで軒を借りることにした。住宅の中には明かりはなく、人の気配もない。どうやら留守のようだ。それならしばらく雨宿りしても怒られはしないだろう。

「急に降り出したな」

聖は肩や頭にかかった水を手で軽くはたき落とす。多恵は聖が外套の中に入れてくれたおかげでほとんど濡れずに済んでいた。

「ありがとうございます」

礼を言うと、聖はふいっと視線を逸らす。

「こんなことで、いちいち礼なんて言わなくていい」

一見突き放したような言い方だが、声音は柔らかい。ぶっきらぼうなだけで本当はただ恥ずかしいだけなのだろうと多恵は察して、彼の隣で微笑むと降りしきる雨を眺めた。

そういえば、冬が深まり春が近くなるこの時期に降るにわか雨を春時雨という。しぐれ煮も漢字で書けば時雨煮だ。不思議な符合に、雨を見ているとついあの子たちのことを考えてしまう。

(母ちゃんのとおなじ味だ、って言ってたなぁ)

しぐれ煮を持って行ったときに後ろから聞こえた声。

嬉しそうな声だった。

幽霊に会うのは正直おっかないけれど、また持って行ってあげたいと思っていると聖が話しかけてきた。

「あのしぐれ煮、昨日の弁当にも入っていたな。あれは美味(うま)かった」

聖に褒められて、多恵はエヘへと笑みを零(こぼ)す。

「ありがとうございます。聖さんたちのお弁当に入れたやつは、ご飯が進むように少し多めにショウガを効かせて大人の味に仕上げてみました」

「大悟なんて一瞬で白飯も消えてたな。料理はやはり母親に学んだのか？」

聞かれて多恵は「はい」と頷(うなず)く。

「物心ついたときには母が定食屋をやっていたんで、そこで手伝っているうちに自然と覚えました」

「そうか。評判の定食屋だったんだろうな。その……もしよかったら、どんな評判だったのか教えてもらってもいいか？　近所の客以外にも客は来てたのか？」

聖は珍しく、ぐいぐい聞いてくる。

なんでそんなこと気にするんだろうと不思議に思いながらも、多恵は思い出しつつ答えた。

「評判は、良かったと思います。昼になると行列ができるぐらいでしたから。どんな評判かというと、美味(おい)しいとか、安くて量が多いとか、そんな風に言ってもらえたことは何度もあります。……あ、そういえば、うちの定食を食べたら気持ちがすっきりしたって言われることもありました」

「気持ちが……？」

「はい。うちによく来てた大工さんなんですが、うちの料理を食べると悩んでることがさあっと消えていって前向きな気持ちになれるから、落ち込んだときはうちの料理を食べに来るんだって言ってたことがありました。そういうことを言うお客さんはちょくちょくいましたね」

「そうか……。俺も同じことを思っていた」

「そうなんですか？」

きょとんと聞き返す多恵。

聖はしとしとと降り続く雨を見つめながら、淡々とした口調で答える。

「ああ。君の作ってくれた料理を食べると、心が軽くなる。わだかまっていた黒く重い感情が、一口食べるたびに薄れていくような気がすることがあるんだ」

静かなようで、どこか感情を抑え込もうとするかのような声音だった。

「ときどきすべてが嫌になって、投げ出したくなることもあった。でも、君の料理を食べるようになってからは、不思議とそんなことはあまり思わなくなった。食べているとつらさが薄れて、食べ終わるころには不思議と前向きな心持になっているんだ」

「……聖さんが、ですか？」

彼がそんな自暴自棄な感情を抱いていたなんて、思ってもみなかった。

驚く多恵の前で、聖はおもむろに腰に挿してあった軍刀を抜いて見せた。

抜き身の刀を見て、多恵はジワリと嫌な不安が心に押し寄せるような居心地の悪さを感じ、少し聖から離れる。多恵はどうにも、その刀が苦手だった。いつも聖が傍らに置いているくらい、代々家に伝わる大事な刀だということはわかっていたが、なんだかその刀が禍々(まがまが)しいもののように思えて目を逸らしたくなるのだ。

刀を掲げたまま、聖が言う。

「これは血切丸という。我が家に古くから伝わり、当主に受け継がれてきた刀だ」

血切丸の刀身は柄(つか)から半分ほどが黒く染まっていた。

「血切丸は怪異の血と瘴気(しょうき)を吸えば吸うほど黒く染まり、刀身が真っ黒になっていく。先まで完全に黒に染まると持ち主の精神と身体を乗っ取り、その者を殺人鬼と化してしまう呪いがかかっているんだ。先端まで黒く染まるのに、このままだとあと十年もかからないだろう」

聖は淡々とした口調で教えてくれるが、あまりのことに多恵は言葉がでない。何か言おうとするが、喉(のど)の奥に詰まって出てこなかった。突拍子もない話と受け流すには、血切丸の放つ気は禍々しくて恐ろしいものだった。聖はさらに話を続ける。

「そうなる前に血切丸で持ち主を殺せば刀は元の色に戻る。その役割を担うために、大悟は……いや、大悟の一族は俺たち鷹乃宮の当主に代々仕えてきた」

「……じゃ、じゃあいずれ、大悟さんが」

ようやく喉から言葉を絞り出したが、それ以上続かなかった。

いつも明るい大悟もまた、そんな重い運命を背負っていたなんて信じられなかった。

聖は血切丸を鞘へと戻す。

「ああ、そのために大悟は俺のそばにいる。……重い話ですまない。でも君には知っておいてほしかったんだ。俺が契約結婚をしたのは、もう二度とこの血塗られた運命を次の代に継がせたくなかったからだ。俺の代で、決着をつけたかったから。どうすれば血切丸の呪いを解除できるのか、そもそも怪異を斬らなくても済む解決策はないのか模索し続けてきた」

重苦しい気持ちを吐き出すように彼は言う。その拳はかたく握られ白くなるほどだった。

「契約結婚は最長でも十年だって前におっしゃってたけど、そういう理由があったんですね……」

「本当の理由を隠して婚姻届を出させて、申し訳ない」

すまなそうな彼の言葉に、多恵はゆるゆると頭を横に振る。

「それはいいんです。お互いの利益があって決めたことですし。それに私、最近、聖さんところに来て良かったなって思うんです」

ひとつひとつ、自分の気持ちを間違わず言葉にできるように多恵はゆっくりと言った。聖を見上げると、彼の白くなった拳を両手でそっと包み込む。

「私、契約とはいえ聖さんのお嫁さんになったこと、後悔なんてしていません。聖さんの役に立てて嬉しいんですから」

彼は一瞬泣きそうな目をしたが、すぐにいつものきりっとした目元に戻る。それでも、多恵の両手のひらで包んでいた彼の拳から力が抜けるのがわかった。

雨が小降りになって軒下を去るまで、多恵はずっと彼の手を握り続けていた。

数日後、聖は一人で夜廻りをしていた。今日は、軍服ではなく庶民が着るような木綿の着物のなかに白シャツ、その上に長めの羽織を着ている。

今夜は新月のため空に月はなく、辺りの闇がいつもより一層濃いように思えた。

夜目の利く大悟もいないため、手には提灯を下げている。

深夜の町には人っこひとりおらず、遠吠えをするように鳴く野良犬の声が時折遠くに聞こえるくらいだ。

連日の夜勤は確実に疲労を蓄積させる。

そこで、今週から夜廻りは交代で一人ずつ行うようにし、他の面子は昼間の調査に回ったのだ。ここしばらく辻斬りは影を潜めていたこともあって、聖の采配でそのようにした。

聖たちが夜廻りすることで抑止効果が働いたのかもしれない。

このまま現象自体が消えてしまえば、お役御免になるのだろうか。それでも水野子爵は明確な事態の収束を示す証拠をつきつけないと納得しないかもしれない。

（なんだろうな、あの執着は。ある意味、異様というか……）

実は庄治には辻斬りについての調査と合わせて、水野子爵についても調べさせていた。

庄治は軍人としてはひ弱な部類だが、調査能力は他に類を見ない。聖もかなり頼りにしていた。聖の小隊は三人だけの小さな隊だが、人間離れした身体能力を誇る大悟と、庄治の調査能力のおかげで特四の中でも実績は群を抜く。最近はそこに多恵がちょくちょく交ざっているのが、なんだか奇妙だがしっくりとくるのが不思議だ。

庄治に調べさせたところによると、いまのところわかっているのは、現在の水野家はお堀の西側に屋敷を構えているが、御一新前はここ深川のあたりに屋敷を持つ下級武士だったということだ。しかも彼は三男だという。本来なら家を継ぐことすら敵わない立場だ。それが御一新以降に始めた商売が成功を収めて財を成したおかげで、子爵の地位を手に入れたのだそうだ。

（かつての地元だからこそ、新たな工場の進出に異様な熱意をもっているのか？）

そんなことを考えながら竹藪の横を通り過ぎ、住宅街をしばらく歩いたときのことだった。

ふいに背中へ人の気配を感じる。頭で考えるよりも早く身体が動いていた。

咄嗟に左へ体をずらすと、ひゅんと空気を切る音が耳を掠める。

背後から何者かに斬りかかられたことは、風切り音や気配からすぐにわかった。

提灯を足元に転がすと、振り返って間合いをとった。その動きに合わせて流れるような仕草で、羽織の下に隠すように持っていた血切丸を抜いて構える。

足元では提灯から油がこぼれて燃え始めていた。

明かりはそれのみ。でもそれくらいの明かりがあれば相手の姿がおぼろげにも見えるはずだ。それなのに。

「……なんだ、これは」

刀だけが浮いていた。

日本刀が、ちょうど人が中段に構えているかのような位置に浮いて見えたのだ。

その後ろにあるのは闇のみ。

(これが証言にあった、刀だけが襲ってくるという辻斬りか)

聖は血切丸の柄をぎゅっと握ると、相手に踏み込んだ。

両者の刃がぶつかりあい、金属音をあげる。

何度も打ち合う。そのたびに暗闇に火花が散った。

刃(やいば)を交えてみて、聖は確信する。

(これは、やはり怪異などではない)

耳をすませば微(かす)かに衣擦(きぬず)れの音や、息遣い、地面を踏み込む足音などが聞こえてくる。

刀だけの存在ならば、息遣いなど聞こえるはずもない。

浮く刀の力量はそれなりに強かったが、聖の敵ではなかった。

浮く刀は鍔から下がない。まるで柄のない抜き身の刃だけが浮いているように見える。

しかし、ないのではなく見えないのだと聖は考えて、あえて柄の部分を狙って斬りつけた。

「ぎゃあ！」

浮く刀が悲鳴をあげて、地面にぱたりと落ちた。そこに、パラパラと赤い血が降り注ぐ。

相手が怯む気配を感じて、すぐさま聖は間合いをつめると、左手で相手の胸ぐらがあるあたりを掴んで引き倒した。そのまま相手の身体に片足を乗せて動けないように押さえ込む。

そう、相手にはしっかりとした実体があったのだ。決して、刀が化けた怪異などではない。

これは人の仕業だ。

「観念しろ。逃げれば背後から斬りつけるぞ。お前がやったみたいにな」

血切丸の切先を突き付けたまま、聖は相手の頭の辺りを左手で弄って手に触れた布を一気に引き剝がした。

「くそっ」

忌々しげに呻く低い声。そこに現れたのは老けた男の顔だった。顔に見覚えはないが、目は燃えた提灯の明かりを受けて爛々と異様な輝きを帯びていた。

男は全身を黒い服で覆っている。おそらく足は炭のようなもので黒く塗っているのだろう。草履すらも黒くしてあった。

頭には黒い頭巾をかぶって、さらに目元だけ黒く染めたガーゼを巻いていたようだ。

刀だけの辻斬りは月のない夜にのみ現れると庄治の報告にもあった。

こいつは、全身を黒くして月のない夜に辻斬りを繰り返していた、単なる通り魔だ。

ほとんど灯りのない闇夜の中では、刀だけが浮いているように見えるわけだ。

聖は懐に入れていた縄を解くと、男を後ろ手にして両手を縄で固定する。そして、すぐさま近くの交番まで連行した。

その後、警察署に移送された男は、多数の殺人容疑、殺人未遂容疑で厳しい取り調べを受けたという。

軍関係者である聖たち特四は警察の取り調べに立ち会うことはできなかったが、庄治が調書の写しを入手することには成功した。

多恵は厨房で、お茶の準備をしていた。

お茶請けは、みたらし団子にした。みたらし団子は、白玉粉と上新粉を混ぜて水で練ったものを茹で、砂糖醤油を煮詰めてつくった餡をかければすぐにできあがる。

今日は聖が学校が終わるとすぐに屋敷へ帰ってきた。それにあわせて庄治と大悟も聖の自室に集まっていたため、何か彼らの腹ふさぎになるものが作れないかなと考えたのだ。ちなみについでに多めに作ったので、厨房の料理人や女中、使用人たちにも配ってもらうようキヨには頼んでおいた。キヨはいつもの涼しげな顔をしながらも、「まかせてください」と力強く快諾してくれた。

盆に、お茶の湯呑と串に刺したみたらし団子の皿をのせる。

多恵はその盆を持って、聖の部屋の前へと赴いた。ドアを叩くと応答があったためそっと開けたら、聖たちは長椅子に座ってなにやら難しそうな顔をしていた。

もしかして、いまは入っちゃいけなかったかなと心配になる多恵だったが、手に持つ盆の上の団子に大悟がいち早く気づく。

「うわぁ、団子や！　ちょうど腹ぺこやってん」

自分の腹をさする大悟に、隣に座る庄治が冷ややかな視線を向ける。

「お前、今日も食堂で大盛何回もお代わりしてただろ」

「そやかて、腹減るもんは減るんやからしゃーないやん」

聖も、

「ちょうどいいから、休憩にするか」

と言ってくれたので、多恵は三人にお茶とみたらし団子を配ることにした。

大悟は早速、団子を頬張る。串についていた団子をすべて口の中に入れて、

「くぅ、やっぱ多恵ちゃんの味付け、最高やわぁ」

絶賛してくれた。その隣で庄治は静かに団子を食べ、膝(ひざ)の上では管狐のイチももう一本の串から団子を外そうと必死になっている。

可愛らしいなぁと微笑ましく眺めていた多恵だったが、庄治の軍服のジャケットの下から、しゅるしゅるともう二匹、イチとそっくりな姿をした管狐があらわれて、

『ジジジッ』

『ジジッ!!』

と、イチに対して毛を逆立てた。

「こら、ニ、サン、喧嘩(けんか)するなって」

庄治は自分の串を咥(くわ)えつつ、もう一本の串から団子をはずして三匹の管狐にひとつずつ口に入れてやる。管狐たちは、くちゃくちゃと満足そうに団子を食べると、再びしゅるるんと庄治の服の中に戻ってしまった。

「管狐さん、三匹も飼ってたんですね」

よく服の中に三匹も隠していられるなぁ、もぞもぞしないのかなと感心していたら、大悟が串を振りながら笑った。

「ちゃうちゃう、三匹どころちゃうねん。こいつ管狐使いやから、ぎょうさん使役しとるらしいで。いま何匹やったっけ」

大悟に聞かれて、庄治は団子をもぐもぐ食べながら答えた。

「十七匹。家の警護に何匹か残して、あとは調査に出してる。あいつらはどこにでも潜めるし、あいつらが見たものや聞いたものは僕も共有できるから情報収集に便利なんだ」

庄治の服の中に隠れてしまうくらいなのだ。きっと、簾（すだれ）の向こうや、天井裏、馬車の中などいろんなとこに潜めるのだろう。

想像して可愛らしさにほっこりしていたら、聖がみたらし団子の串が一本のこった皿をすっと多恵の前に差し出した。

「……お気に召しませんでしたか？」

要らない、ということなのかなと不安になって尋ねると、聖は「いや」とすぐさま否定した。

「君も食べたらどうだ。ここに座るといい」

聖が長椅子の場所を少し横にずれて、多恵のために場所を空けてくれる。

「あ、ありがとうございます」

隣に座るものの、直ぐに立てるように浅く腰掛ける。

「私がここにいたら、お仕事の邪魔になってしまうんじゃないんですか……？」

気にする多恵の膝の上に、聖は一冊の紙の束を置いた。

表紙には、『深川通り魔事件調書』と書かれている。

「いや、むしろ意見を聞きたいと思ってたところだ。これは、先日俺が捕まえた深川の辻斬り（つじぎり）の証言調書だ。だが、こいつを捕まえてもまだ、あそこの辻斬りの事件は終わっていないと俺たちは考えている。二つの辻斬り事件が重なって情報が混同していたが、片方が捕まったいま、残っているのは怪異的な何かなんじゃないかと思えてな。辻斬りではないが、君はあそこで二度も子どもの幽霊と出くわしている。だから何か、気になることがあれば何でも教えてほしい」

以前、庄治があの界隈で女の辻斬りが出ると言っていた。残っているのはそちらの方なのだろう。

多恵は膝に置かれた調書を手に取ってめくり、読み始める。

そこに書かれていたのは、人斬りに取り憑かれた一人の男のはた迷惑な半生だった。

男の先祖は代々、処刑場で罪人を処刑する際に首を斬る斬首人を生業としていた。

男も幼いころから、処刑後の遺体で鍛錬を重ね、人を効率的に斬る術を身に着けて磨いていった。

しかし世の中は御一新以降、急激にかわっていく。

首を斬る処刑方法も残酷すぎると言って廃止された。同じく切腹も禁止された。

こうして男は磨いた技術を一度も活かすことはなく、別の仕事を探さざるをえなかった。しかし、別の仕事をしていても、家族をもっても、男の中にずっとくすぶる思いがあったという。

『人を斬りたい』

その思いは年々高まっていった。そんなとき、男は辻斬りの怪異の噂を聞いた。

その噂を聞いてひらめいたのだという。

怪異のせいにしてしまえば、人を斬り殺せるのではないか、と。

そして、月のない夜に全身黒ずくめにして人を襲うことを思いついた。

何時間も暗闇に潜んでいれば、自然と暗闇に目が慣れてくる。ガーゼ越しであっても、獲物が持つ提灯や行燈の明かりがあれば狙いをつけるには充分だった。

ただ、人を斬りたかった。でも正体を見られてはならない。

だから男は後ろから忍び寄り背中や首を斬りつけたのだ。

そんな男が悪逆の末にたどり着く先は、どうやら絞首刑となりそうだった。取り調べの中で男は斬首刑にしてくれと強く主張したらしいが、『斬首人がいない』と一蹴されたという。

多恵がひとつ調書の中で気になったことは、男が一度だけ竹藪の中で真夜中に刀を持ってうろつく女を見たと証言していることだ。

その女の背中には刃物で斬られたとみられる大きな斬り傷があったため、この世のものではないと思ったという。そして、女は一瞬目を離した隙に、忽然と消えてしまったのだと男は話したようだ。

調書を読み終わった多恵は、ふぅと重いため息をつく。

何か気になることがあれば教えて欲しいといわれたが、調書を一通り読んでも心にひっかかるものはほとんどなかった。

「……この女の人。誰かを捜してたんでしょうか……すみません、せっかく読ませていただいたのに、あまり他に気になることもなくて……」

申し訳なく思いながら調書を聖に返すと、

「いや、いい。あまり気負わないでくれ。俺たちも手探り状態で何でもいいから解決の糸口になるものをみつけたかっただけだから」

聖はあっさりそう答える。

大悟が薄気味悪そうな顔をして唸った。

「それにしても辻斬りしてたその男、正体は人間やったけど、まるで時代が生み出した化けもんみたいなもんやな。こいつもある意味、怪異やで」

応じた聖は、

「そうだな。もし御一新がなければ、優秀な処刑人になっていたかもしれない。もし、御一新後に生まれていれば人斬りの術など学ばなかっただろう。その狭間を生きてしまったがゆえの不幸かもしれんが……そんなことは、被害者にとっては少しも関係ないことだ」

と、冷たく言い捨てた。

たとえどれだけ犯人に同情すべき事情があったとしても、そんなことで殺された人が生き返るわけでも、重傷を負った人の怪我が治るわけでもない。だから、罪は罪だと、そう言いたい聖の気持ちは彼の声音や表情から痛いほど伝わってきた。

庄治がさらに報告を続ける。

「あの界隈の住宅ひとつひとつを聞き込みしましたが、それらしき女を知っているという者はいませんでした。どうやらあの界隈の住人ではないようです。……ただ、ちょっと気になるものをみつけました」

「なんだ？　些細なことでもいい、なんでも報告してくれ」

聖に促されて、庄治は続ける。

「聖さんに過去のことをしらべるように言われてから、その線でもさぐっていました。そしたら、帝国図書館の書庫に保管されている古い読売に気になる記事をみつけたんです。持ち出しはできなかったので、書き写してきました」

庄治は足元に置いていた肩掛けの雑嚢から、一枚の紙を出してきた。そこには万年筆で書かれたとおぼしき読みやすい字で新聞記事がそのまま書き写されていた。

「かいつまんで説明すると、これは今から五十年ほど前の読売です。あの竹藪があったあたりは貧しい庶民が掘っ立て小屋のようなものを立てて住んでいたようです。さらに海側にいくと葦などが生いしげる沼地が多くあり、海岸線もいまよりもっと手前にあったみたいですね」

余白に庄治は簡単な地図を描いて行く。当時はもちろんあのあたりに工場などもなく、葦の生える沼地を避けて粗末な家々が立ち並んでいたようだ。

「だけど埋立事業が拡大するにあたってあのあたりに住んでいた住民たちは追い出され

て、埋立事業者の雇う労働者のための長屋や土砂置き場などが作られていったみたいです。そんな中、その追い出しに抗っていたひとつの道場がありました。そこは道場主のご主人を亡くしたあと、奥さんがあとを継いでいたそうです。だけど、ある日突然、その女道場主と彼女の子どもたちが失踪する事件がありました。道場には大量の血痕が残っていたそうです」

消えた道場主だった母親と、子どもたち。大量の血痕が残っていたということは、おそらくそこで殺されたのだろうと推察できた。

(ということは、あの子どもたちの幽霊と、刀を持った女性はもしかして……)

子どもたちの落ち窪んだ黒い穴のような目と、血の涙を思い出す。あれは、無惨に殺されたことへの悲しみの涙だったのだろうか。

多恵は顔をあげて、聖に頼み込む。

「私、またあの子たちにあさりのしぐれ煮を持っていきたいです。もしまたあの子たちが出てきてくれたら、何か聞けるかもしれません」

聖は一瞬心配そうな顔をしたものの、

「わかった」

と、一言賛同してくれた。

数日後の夕方。

多恵は聖とともに、再びあさりのしぐれ煮を持って深川を訪れた。

前回と同じように少し離れたところに馬車を置いて、お地蔵さんのところへ歩いて向かう。

いきなりお地蔵さんに馬車で乗り付けたら、あの子たちは驚いてでてきてくれないかもしれない。だから、歩いて近くまで行くことにしたのだけど、そもそも今日もあの子たちが出てきてくれる保証も何もなかった。それでもただ再びしぐれ煮をあの子たちに届けるだけでも良かったのだ。

それで、非業の死を迎えたあの子たちに少しでも安らぎを感じてもらえるなら、それだけでも報われる気がした。

今日持ってきた風呂敷包みは二つ。聖が持っている方にはおにぎりが六つ入っていた。多恵が両手で抱えるように持っている方にはあさりのしぐれ煮の器が入っている。

(やっぱりしぐれ煮には、ご飯が欲しくなると思うんだよね)

しぐれ煮のような佃煮(つくだに)は、本来、ご飯のお供として食卓に並べられるものだ。

「今回も喜んでもらえるといいなぁ」

聖と並んで歩きながら、そんな言葉が口から漏れる。

「要らないっていうなら、俺が夜食にもらう」

聖は嘘か本当かわからない口調で、風呂敷を掲げて見せた。

「ふふふ。また作りますね。あさりだけじゃなく、いろんな食材で作ってみたいなぁ。

しぐれ煮といえば蛤（はまぐり）も有名だし、牛肉も美味（おい）しいんですよ」

「それは楽しみだ」

聖が小さく口端をあげて微笑む。

そのとき、か細い女の声が背後から聞こえた。

『もし』

いまにも消え入りそうな小さな声だったが、はっきり聞こえた。

まるで耳元で囁（ささや）かれたような違和感に、多恵は足を止めて声のした背後に顔を向けようとする。

その多恵の背中を聖が手で押さえた。

「……まて。安易に振り向くな。人じゃない」

「え？」

ドキドキと心臓が早くなる。まだ夕暮れだというのに、辺りにはいつの間にか人の姿はなくなっていた。多恵と聖、それに声の主だけだ。

聖はそのまま多恵の背中を押して歩き出す。声を無視するつもりのようだったが、

『もし』

今度はさっきより大きく聞こえた。声の主はすぐ後ろについて来ているようだ。

「ちっ」

聖は素早く後ろを振り返ると同時に、軍服の外套（がいとう）の中から血切丸を抜いた。

多恵も恐る恐る後ろに目をやる。

（ひっ……）

一瞬、息が止まりそうになった。

多恵と聖からわずか五歩ほどしか離れていない場所に、一人の女が立っていた。

急に周りの景色の色が抜け落ちる。あたりがすーっと薄暗くなるように思えた。とくに、女の周りが一段と暗くなって見える。

異様な姿の女だった。

元は結ってあっただろう髪は、ところどころ長い髪がはみ出してぼさぼさになっている。

草色の古い意匠の着物。足は何も履いておらず、土に汚れている。

日が暮れかかる黄昏（たそがれ）時、聖と多恵の影は長く伸びているのに、女の足元には影がなかった。

だらんと垂れた女の右手には、錆（さ）びた一振りの刀があった。

背を曲げて顔を俯（うつむ）かせているので顔までは見えない。

『ちょっとお聞きしたいんですが』

掠（かす）れた老女のような、それでいて若くも聞こえるひび割れた声で問われる。

多恵は、いいとも悪いともいえず黙っていると、女はゆっくりと頭をあげた。

女の目は黒く落ちくぼんで、目玉がない。ただぽっかりと穴が空いていて、中は闇色に満ちていた。

その穴しかない目で女は多恵たちを見つめたかと思うと、次第に表情が歪(ゆが)んだ。

口は大きく横に裂け、目元は怒りで醜く歪んだ般若(はんにゃ)のような顔。

歪めた拍子に、目からドロリと赤黒い血が流れだし、血涙が頬を伝う。

ごぼっという小さな音とともに、女は血を吐きだした。

鮮血で口や胸元が汚れるがままに、女は赤い飛沫(ひまつ)を飛ばして叫んだ。

『うちの子たちを狙うのは、お前らか！』

突如激昂(げきこう)すると、女は手に持った錆びた刀で斬りかかってきた。

咄嗟(とっさ)に聖が前に出て血切丸で、女の刃を受ける。

「離れてろ！」

ぎりぎりと刀で押し合いながら、聖は多恵に向けて強い調子で言う。

「は、はいっ」

すぐに多恵は聖たちから距離を取った。

一瞬の膠着(こうちゃく)のあと、女は容赦なく何度も切り込んでくる。

聖はそれを全て受け流し、弾(はじ)き返していたが、反撃してもすぐに阻まれる。

多恵には剣術のことは何もわからない。

それでも、聖と女はどちらも常人離れした達人の域にあるように見てとれた。

二人とも動きに無駄がなく、打ち合う姿は美しくすらある。

多恵は二人の戦いから目が逸らせず、胸元に持っていたしぐれ煮の風呂敷をギュッと強く抱きしめる。

激しく打ち合っていた二人が、互いに間合いをとった。聖は流石に息が上がっているが、女は落ち窪んだ目で静かに聖と対峙している。相変わらず周りには黒い靄を纏っていた。女が生きた人間でないことは明らかだった。

考えてみれば、体力という限界のない怪異との打ち合いは生きてる方に著しく不利だ。

聖は女に剣を向けたまま、叫んだ。

「俺はあんたを討伐したくない！　あんたが誰も殺したりしていないのは調査でわかってる。あんたは誰かを捜してるんじゃないのか？　いよさん」

聖が『いよ』さんと彼女を呼ぶと、それまで般若のようだった女の表情が変わった。

能面のように表情が削げ落ちたあと、女は困惑したように顔を袖で隠す。

『……これも違う』

呟くように言うと、女は急に背を向け立ち去ろうとした。

（このままではどこかへ消えてしまう！）

でも女は『いよ』という名前に確かに反応した。『いよ』とは庄治が書き写してきた読売に出ていた女道場主の名前だ。

最後まで立ち退きに反対したあげく、道場に大量の血痕をのこして行方不明になった道場主『いよ』とその子どもたち。

あさりのしぐれ煮がほしいと言ってくれた子どもたちの霊は、おそらく彼女の子たちだろう。あの子たちもやはり血まみれの姿をしていた。

いよもその子たちも、誰かに殺されたのに違いない。

いよはその無念を晴らすために、いまもその犯人を捜しているのだろうか。

でも、あの子たちには誰かを捜しているような素振りはなかった。

（あの子たちはあそこでお母さんを待っていたんじゃないのかな）

彼らはお母さんを恋しがっていたように思えた。だから懐かしい母の味を食べたがったのではないか？　それを、いよに伝えたかった。

多恵は手に持っていた風呂敷包みをとくと、あさりのしぐれ煮の器の蓋をあけて彼女に向ける。

「お子さんたち、お母さんの作ってくれたあさりのしぐれ煮が大好きなんですね。これ、お母さんのしぐれ煮みたいだって褒めてくれました。いまもまた、食べさせてあげたくて届けるとこだったんです」

しぐれ煮を見て、女は顔をひどくゆがめた。それはどこか泣きそうな顔に見えた。

女は多恵を睨みつけると、

『お前になにがわかる！』

そう叫んで、多恵に斬りかかってきた。上段から刃が多恵へ振り下ろされる寸前、聖が多恵を突き飛ばして刀を血切丸で受ける。

「きゃっ」

突き飛ばされて横に倒れた勢いで、多恵が手に持っていたあさりのしぐれ煮の器が宙を舞った。

器からこぼれたしぐれ煮が女の顔に降りかかる。

女は唖然（あぜん）とした表情で顔についたしぐれ煮を手で拭（ぬぐ）ったが、手にいくらか付いてしまう。それを女はしばらくじっとみつめていたが、おもむろに自分の口へと入れた。

『……ああ、この味……』

しみじみと呟かれた言葉。

彼女の周りを覆っていた黒い靄が、霧が晴れるようにすぅっと消えていく。彼女の纏っていた禍々（まがまが）しい空気が霧散した。

それに合わせて彼女の闇を宿すような目が、普通の人のモノに変わっていく。

禍々しい血痕（けっこん）は消えて、代わりに透明な涙が彼女の頬を伝った。

『もっと食べさせてあげたかった……』

女の手からするりと刀が落ちる。両手で顔を覆うと、地面に膝（ひざ）をついて泣き崩れた。

『あああああああああ』

聖は彼女の前でしゃがみ、静かに声をかける。

「いよさん。あんたたちに何があったのか、話してはくれないか。あんたの剣は本当に強かった。軍の中でも敵（かな）う人間はそういないだろう。あんたほどの剣士に何が起こったんだ。教えてくれ。場合によっては、力になれるかもしれない」

その声は、心なしか優しい響きを含んでいた。

多恵もそばに行くと、こくこくと頷く。

「私もまた、しぐれ煮つくりますね。ほかにもつくってほしいものがあったらおっしゃってください。あのお地蔵さんのところにもお供えしますから」

蹲る彼女の背中に、痛々しい袈裟切りの跡が生々しく残っているのが見えた。

二人の言葉を聞いて、女はますます激しく泣きだす。

何十年もの長い間、ずっと一人で抱え続けた思いがあふれ出ているかのような彼女の慟哭。

しばらく泣き続けた彼女は、ぽつりぽつりと語り始める。

それは世の中が御一新で変わる前。まだ帝都が江都と呼ばれていた時代の悲しい物語だった。

『そうです。私は、いよ。この地で、夫から継いだ道場を守っていくつもりでした』

古い古い記憶。

五十年ほど前のある日、いよはいつものように子どもたちと一緒に道場の拭き掃除をしていた。

「かあちゃん、おいらこっち拭いたよ」

五歳の重吉がぼろ雑巾を手に立ち上がる。

「あたいも拭いた！」

八歳のタマが得意そうに胸を張った。

「お前、そこまだ拭いてないだろ」

一番年長である十歳の一郎に指摘されて、タマはぷうっと頬を膨らませる。

「これからやろうと思ってたんだもん」

「うそつけ」

いつものように喧嘩をはじめた二人を、桶で雑巾を洗っていた六歳のウメと三歳の清がびっくりした顔で見ている。

子どもたちが騒ぎ出したので、神棚のはたき掃除をしていたいよははたきの柄で一郎とタマの頭をコツンと叩いた。

「ほらほら、喧嘩しないよ。もう少ししたらみんな来るから、その前に朝ごはんにしようか」

いよの夫は下級武士だった。しかし武士としての給金だけでは到底暮らせるものではなかったので、ここ深川で道場を開いたのだ。数年前に事故で夫が亡くなった際は流派が解散するおそれもあったが、師範代をしていたいよが離れていった人たちも呼び戻して再び道場として再建したのだ。
　ようやく道場が軌道にのってきたところだったが、ここのところ困ったことになって
いた。
「よぉ。邪魔するよ」
　いま拭きあげたばかりの道場に、断りもなくどかどかと踏み込んでくる三人の男たち。
どれも頭にちょんまげ、うち二人は腰に刀を挿している。武士崩れのやつらだ。
　子どもたちは怯えた様子で、いよの後ろに集まってくる。
　いよは頭に巻いた白手拭いをとると子どもたちを守るようにして、毅然とした態度で
男たちと対峙した。
「何度も申し上げているではありませんか。この場を立ち退くつもりはありません」
　この男たちは、こうしてこの界隈のあちこちで嫌がらせをしては、はした金で立ち退
きを強いてくる連中だ。どうやら、この先の海岸線の埋め立てをさらに進めるよう幕府
からお達しが出ていて、このあたりにそのための資材置き場や人夫用の寮などを作りた
いらしい。埋め立てとなると山から切り出してきた大量の土を一時的に置く場所も必要
になるという。
　埋め立ては一大事業だ。相当な金が動いていると見えた。
「そうかい。あんたの意思は固い、と」
　一人の若い武士崩れがそう言うと、刀を抜いた。

脅しには思えない。若い武士崩れの目は、嗜虐心からか異様な光を帯びていた。

こいつは、この辺りでたびたび刃傷沙汰を起こしている厄介者だ。武家の三男坊と聞いたが、ほとんど浪人のような輩だった。

すぐさま長男の一郎が道場の奥に箱に入れて保管してあった夫の刀を持ってきた。いざというときのために置いてあったものだ。

「ほう。刀を出してきたか。分不相応だな。成敗せねばならん」

武士崩れはぺろりと舌なめずりすると、刀を振り下ろしてくる。

（太刀筋が甘い）

その一振りで相手の実力はすぐに見て取れた。いよは一郎から受け取った刀で相手の刀を弾くと、すぐさま間合いを詰めて武士崩れを斬りつけた。顔に向けて一閃。

深手を負わせるつもりはなかった。ただ、相手に実力の差を思い知らせて引いてもらうつもりだった。

武士崩れの左眉の上に、赤い線が走る。額が斬れて血が滲んだ。

「ぐわっ、血、血だ……くそっ、くそ！　許さんぞ、おんなぁ！」

武士崩れは額を押さえて喚くと、さらに叫んだ。

「いいから、やっちまえ！」

同時に背後から子どもたちの悲鳴があがる。

「きゃあああ！」

「母ちゃん！」

しまったと背筋が凍りつく。振り向くと、道場の裏口から侵入した武士崩れの仲間が子どもたちを捕まえていた。

咄嗟に子どもたちを助けようと武士崩れに背を向けたとき、背中に激痛が走った。

いよはその場に崩れ落ちる。

背中を斬られたのだ。刃は肺にまで達していて、声を出そうとすると口からごぼごぼと血が吹きでた。

「こ、子どもたちだけは……」

血の付いた手を伸ばして、いよは訴える。しかし、最後に聞こえたのは無慈悲な声だった。

「とっととやっちまうか。死体は埋立地に埋めちまえば誰にもわかんねぇだろ」

その日、鷹乃宮家は朝から大忙しだった。

聖が水野子爵を鷹乃宮家の屋敷に呼び出したのだ。『辻斬りを退治したので、結果を報告したい』と伝えたらしい。

水野は前回と同じように運転手付きの自動車で乗りつけてきた。えらくご機嫌な様子だ。今日のお召し物は質のいい小豆色の着物に紺色の中羽織を合わせていた。羽織は金糸銀糸で雅な刺繍が施されており、羽振りの良さが窺える。

「ようこそ、いらっしゃいました」

紋付き袴姿で聖が出迎える。その横で、桃色の色留袖を着た多恵も黙って頭を下げた。

「さあ、こちらにどうぞ。この前はたいしたお構いもできず申し訳ありませんでした。そのかわり今日は宴席を用意しました」

聖が淡々とした口調で言うと、水野子爵はさらに目元を緩ませた。

「そうかそうか。それは楽しみだな」

二人が水野子爵を案内したのは、客人用の座敷だった。

上座に置かれた座布団を水野へ勧めると、彼はそこにどっかりと腰を下ろしあぐらをかく。

彼の向かいに聖と多恵も並んで座った。

三人が座ると、女中たちが料理の載った膳を運んでくる。一つの膳では載り切らなかったので二つずつ。膳の上には、鯛の尾頭付きや刺身をはじめ、様々な小鉢が載っている。厨房長の嘉川や料理人たちが腕を振るったものだが、その中に、多恵が作ったあさりのしぐれ煮の小鉢もあった。

目の前に並ぶ膳を見て、水野は満足そうな顔をしている。

聖は水野の前に膝をつくと、熱燗のとっくりを勧めた。

「このたびは御足労いただきありがとうございます」

水野はさも当然という顔で盃(さかずき)を差し出し、満たされた一級品の清酒を一気に飲み干した。

「ぷはぁ、さすが鷹乃宮さんだな。いい酒を用意している」

「お褒めいただきありがとうございます」

聖はもう一度、清酒をそそぐと自分の席に戻り正座する。

それに合わせて、多恵も水野に食事を勧めた。

「さあ、どうぞ料理の方もお召し上がりになってください。何がお好みかわからなかったのでいろいろご用意させていただきました」

「ああ、かまわんよ。私は何でもおいしく食べるタチでね。世間では美食家などといわれているが、アレは単に他に金を使う場所がないから食道楽に使ってしまうだけなんだよ」

女中たちは、聖があらかじめ指示をしていたとおり、給仕が終わるとすぐに部屋から出て行った。この部屋の中にいるのは水野と聖、それに多恵の三人だけだ。

段取りどおり、部屋の外には大悟と庄治が入り口を見張っているはずだ。

そんなことには気が付かず、酒も入った水野は上機嫌だった。

「いやあ、これでようやく工場建設が進められるってものだな。あの辻斬り騒動のせいで、請け負う業者が次々断ってきてね。往生してたんだよ」

水野は酒を片手に、ぺらぺらと自分語りをしながら料理に舌鼓をうつ。

それに聖と多恵は適当に相槌を打っていた。

やがて水野は多恵のつくったあさりのしぐれ煮を口に含む。

「それは、私がつくったんです。深川の近海で採れたあさりを使っています」

「ほぉ！　深川とな。まさに辻斬りの現場の近くだな。私も、若いころあの界隈にいたことがあってね。いやぁなつかしい」

水野は嬉しそうにしぐれ煮を箸で食べていた。すっかり聖と多恵に気を許している。

そろそろ頃合いだろうと二人で目配せした。

聖が水野に語り掛ける。

「水野様は、お若いころ、あのあたりの埋立事業にかかわってらしたそうですね」

水野は、ん？　と怪訝そうに左眉をあげた。眉の上には、斜めに古傷が残っている。

「……お話ししたこと、ありましたかな？」

「いえ、こちらで調べました。水野様はいまは実業家としても成功なさっておられるが、御一新前には随分荒事もやられていたようで」

聖の言葉の端々に険がひそむ。水野が御一新前の自分の所業を隠して、今の地位を築いてきたことも念頭にいれての言葉だった。

「調べた、とおっしゃったか。はっはっは。昔のことだ。今はもう新しい世、昔のことは斬り捨てて皆が前に進む時代だよ。お若いお二人ならなおのこと、そういう姿勢が大事なのではないかな」

水野は言葉では鷹揚さを保ってはいるが、さきほどまでの機嫌の良さは影をひそめ、その目は鋭く聖に向けられていた。

しかし、聖はそんな水野の睨みなど気にもせず話を続ける。

「あの辻斬りが出た竹藪のあたりに、昔、道場があったそうですね。ご主人からあとを継いだ女性が切り盛りをしていたと聞きましたが、その女道場主と彼女の子どもたちがある日忽然と姿を消した。大量の血痕を残してね。彼女たちはどうなったんでしょうね」

核心に迫る聖に、水野は露骨に表情を歪ませた。

「なんだと？」

憤怒の色を浮かべて、立ち上がる。

「何を知っているというんだ、この青二才が！」

激昂して怒鳴りつける水野。

多恵は水野をじっと見上げる。激昂されてもちっとも怖くない。それよりも、いよの、子どもたちの無念を思うと怖さなんて吹き飛んでいた。多恵も畳み掛ける。

「そのあさりのしぐれ煮。その子たちが好きだったものなんですよ。お母さんの味だって言ってました」

「うるさい、黙らんか！」

水野は顔を真っ赤にして膳を蹴飛ばした。あさりのしぐれ煮も畳に散らばる。

「鷹乃宮がなんだ。私を馬鹿にするんなら、ただでは済まさんぞ！」

わめく水野に、聖は正座したまま冷たい視線を向ける。

「辻斬りはもうこれで最後です。彼女が捜していたのは、あなただったんですから」

聖は告げると、右手で印を結んだ。小声で短く真言を唱えると、額縁などに隠して部屋の四方に貼ってあった符が反応する。

聖が得意とする、幻術が発動した。

辺りの景色が一転、青々とした夏の竹藪に変わった。

右を見ても左を見ても、延々と続く竹藪の中。

水野は、驚きのあまり先ほどまでの怒りも忘れてきょろきょろと辺りを見回した。

「な、なんだ⁉　どういうことだ⁉」

「私の妖術（ようじゅつ）は主に妖（あやかし）や怪異を捕らえることに使うことが多いが、人間を捕らえることもできるんですよ。もうあなたは、逃げられない」

聖は懐から一枚の符を取り出した。それは式神を呼び寄せる呪文（じゅもん）が書かれた符だった。

しかし今回呼び寄せるのは式神ではない。

聖が真言を唱えると符が突然燃え出す。

聖はその符を投げた。符がこぼれたしぐれ煮の上に落ちたとき、そこには一人の女性が立っていた。

背中に大きな生々しい切り傷の跡がある、一人の女性。いよだ。

いよは、髪を振り乱した姿で水野に向かい合う。

「な、な、なななななな、なんだ⁉　お、鬼⁉」

水野は怯えて逃げようとしたが、足をもつれさせて尻餅をついた。

いよは、腰に下げていた刀をすらりと抜いて、水野に向ける。

『ようやく見つけた。私だけでなく子どもらまで、よくも……』

地の底から響くかのような、いよの声。

「わ、あああ、わ、わわ」

水野はまだなんとかその場から逃げ出そうと手足をばたばたと動かす。

しかし彼の両腕を、いつの間にか現れた五人の子どもたちがしっかりと摑まえていた。

子どもたちは穴しかない目から血涙を流して、楽しそうに笑っている。

「は、はなせ、こら……！」

子どもたちの笑い声が響く。いよは刀を構えると、水野めがけて一太刀振るった。

水野の胸が大きく裂け、鮮血が飛び散る。

「ぐはっ！」

水野は白目を剝いて、そのまま仰向けに倒れこんだ。

いよは刀を鞘に納めると、多恵と聖の方へくるりと振り返る。

こちらを向いた彼女はもう、髪をふりみだした般若のような姿をしてはいなかった。

髪は丁寧に結われ、人の目をした彼女。そこには意思の強そうな光が宿っていた。毅然とした、凛とした、美しい女性。これがきっと、彼女の本来の姿なのだろう。

　いよの周りに子どもたちが集まり、いよは多恵と聖に丁寧に頭を下げた。子どもたちも、可愛らしいあどけない顔立ちになっていた。

　顔をあげた彼女は小さく微笑む。それは、春の陽気のような、あたたかく晴れやかな笑顔だった。

『お世話になりました』という声とともにいよと子どもたちの姿は薄くなっていき、すうっと空気に溶けるように見えなくなる。

　あとには、こぼれたあさりのしぐれ煮が残るばかりだった。

　聖の妖術が切れて、周りの景色が元の和室に戻っていく。

　多恵と聖はすぐさま立ち上がって、倒れた水野の様子を見に行った。

　聖が水野の鼻に手を当てて、呼気を確認する。

「やはり、死んではいないな」

　彼はただ気を失っているだけのようだった。

　先程いよに斬られたときには確かに鮮血が飛び散ったように見えたが、いまはどこにも血のようなものはない。水野の着物も破れてすらいなかった。

「先程、いよが斬ったように見えたが……」

　聖が水野の着物の胸元をはだけさせると、彼の胸には斜めに斬られた傷がついていた。左肩から右わき腹にかけての大きな傷だ。今にも血が滴りそうな生々しい状態だったが、それが見る間にものの数秒で血の色が消え、皮膚がつながっていびつにひきつり、盛りあがる。そして、左眉についた傷と同じくらいの古さを感じさせる古傷となって、水野の胸に残った。

　多恵にはそれが、いよが無念さと恨みを彼の身体に刻み込み、一生忘れることを許すまいとしているかのように思えた。

「いよさん。命までは奪わなかったんですね……」

　多恵はほっとしたような、それでいてどこかもやもやがのこるような気持ちで呟いた。何の罪もなかったいよと五人の子の命。償うには、この程度では軽すぎはしないかと思うのだ。

「それが、いよさんの意思なんだろう」

　と、聖は水野の胸元を戻すと、頬をぺちぺちと叩きながら言う。

「生きて罪を償ってほしい、ということでしょうか」

「いや、どうかな……それはまだわからんが。少なくとも、こいつに自分たちの存在を強烈に印象付けたのは間違いない。何十年経っても消えない恨みとともにな」

「そうですね。それに、もしここで水野さんが殺されたりしてたら、それはそれで大変ですもんね……」

　もし水野がここで殺されていれば、殺人の疑いをまっさきにかけられるのは聖と多恵だろう。むしろ軍人であり刀を持っている聖がもっとも分が悪い。それが心配でもあったのだが、聖はくっとどこか愉快そうに喉を鳴らした。

「そのために、わざわざ鷹乃宮の屋敷を会合場所に選んだんだ。いよさんが水野の殺害を望むことも想定はしていた。法律は生きてる人間の行動を縛るが、死んでる人間まで縛れるものじゃないからな。だから、もし殺してしまったなら、鷹乃宮家の力を使って闇に葬っていたことだろう。家の中で起きたことなら、どうとでもなる」

平然と、彼はそう言うのだった。

鷹乃宮家の力の強さとおそろしさを、いまさらながら実感する。なんてところにお嫁に来てしまったんだろうと思っていると、聖がじっとこちらを見つめているのに気が付いた。

「……？　あ、後片付けなら、いましますね！」

畳には水野がまき散らした料理が盛大に零れている。それを片付けようとした多恵の手を聖は摑んで止めた。

「いや、そうじゃない。それはあとで女中たちにまかせればいい。そうじゃなくて……君が作る料理のことが少し気になったんだ」

「料理、ですか？」

聖の話の意図がわからず、多恵は目をぱちくりさせる。

聖は多恵の手を摑んだまま。その手に次第に力が籠められていく。

「いよさんが最初に現れたとき、周りに黒い靄のようなものを纏っていただろう」

多恵はこくこく頷いた。

「あれは、悪意や怨念が集まったもので『瘴気』と呼ばれている。瘴気に取り込まれることで妖や霊、捨てられた神などは他に害を及ぼす『化け物』となるんだ。いままで『瘴気』に取り憑かれた化け物をもとに戻す術はほとんどなく、封印か討伐するしかなかった。本来であれば、いよさんもああなった段階で討伐対象だったんだ。だが」

聖は、じっと多恵を見つめる。何かを探るような視線に、多恵も彼から目を離せなくなる。

「君のしぐれ煮を食べたとたん、いよさんの周りの瘴気が消えたように見えた。そのおかげでいよさんはまともな心を取り戻すことができたんだ。君の料理には何か不思議な力が秘められているのか？　多恵、君は一体、何者なんだ……？」

そんなことを言われても、多恵にも思い当たることは何もなかった。

「そ、そんなこと言われても……。私にも、思い当たることは何も……。私はただ、いよさんや子どもたちに美味しいものを食べてほしいと思って、その一心で料理を作っただけですから」

「すまない……つい」

戸惑う多恵に、聖はハッとなって罰が悪そうに手を離した。

「い、いえ……」

微妙な空気が二人の間に流れる。

そこにバンという音とともに勢いよく引き戸が開いたので、多恵は跳び上がらんばかりに驚いた。心臓が口から出るかと思った。

どかどかと室内に入ってきたのは大悟と庄治だ。

「大丈夫やったか？　例のおっさんはどうなったん？」

大悟の言葉に、聖は足元を顎で示すと二人へ即座に指示を出す。

「のびてるだけだ。この分なら、酔っぱらって寝落ちしたってことにできるだろうな。水野の家の運転手を呼んで来い。お引き取り願おう」

こうして、辻斬り事件は無事、幕を下ろしたのだった。

その後、水野子爵は夜な夜な髪を振り乱した女が襲ってくる夢をみるようになったと風の噂で聞いた。そのせいで、すっかり憔悴してしまったそうだ。

たびたび目を血走らせては、「女が来る」と怯える彼の姿に、彼をもてはやしていた周りの人々もひとりまたひとりと離れていき、水野家の事業が傾くまでそう時間はかからなかったという。

第三章◆振袖火事と金平糖

「だめだ、火の回りが早い！」

「消防はまだか！」

「井戸を開けろ！　ちょっとでも消すんだ！」

怒号が飛びかう。

広い屋敷が並ぶ閑静な住宅街の一角がいま、ハチの巣をつついたような騒ぎになっていた。

昼下がりに屋敷の一つから突如出火、火は瞬く間に屋敷全体を包み込んだのだ。

屋敷の住人たちはすぐさま逃げ出して無事だったが、あまりの火の回りの早さに呆然としている。

遠巻きにするようにして、近隣の住民たちも集まってきた。周りの家に燃え移らないかと気が気ではないようだ。

そのとき、集まっていた人たちの中から悲鳴があがった。

「あ、あれ！」

野次馬のひとりが指さしたのは、いままさに燃え盛っている屋根の上だった。

炎のなかに、ひらりと舞う一枚の布のようなものが見える。

それは、振袖だった。

まるで燃える屋根を舞台とするかのように、真っ赤な振袖が舞っていた。

誰もが息を呑む。

炎や風であおられたのとは、明らかに異なる動きをする振袖に、人々の目は釘付けになっていた。

中に人などいないのに、振袖はまるで日本舞踊を踊るかの如く優雅な舞を見せている。

それを見た者たちは野次馬も消防も近隣住民も、誰もが恐れおののいた。

「きゃぁぁぁぁぁぁ!!」

「振袖火事だ……振袖火事の呪いだ」

誰からともなく、そんな声があがる。数珠を取り出し、念仏を唱えながら必死に拝みだす者もいた。あたりは混乱に包まれる。

衆目の中、振袖は数分間優雅に舞い踊ったあと、やがて炎に燃えつくされるかのように消えていった。

「くそっ、また間に合わへんかったか」

大悟が悔しがる。目の前には燃えて半壊した屋敷があり、まだ一部に火が残っていた。

大悟はその燃え跡の中へと、軍靴を鳴らしてずかずかと入っていった。

「今回もまた、派手に燃えましたね」

庄治が軍手をはめて、見分の準備に取り掛かる。

聖は軍帽をわずかにあげると、黒炭と化した屋敷の屋根を見上げた。

近隣住民によると、この屋根の上で数分もの間、燃え盛る炎の中で振袖が独りでに舞っていたという。

ここ一年程、帝都を騒がせている怪異のひとつがこの『振袖火事』だった。

突如火元のないところから火があがったかと思うと瞬く間に燃え上がり、しかも炎に包まれた家屋で振袖が踊るのだ。

振袖だけが目撃されることが大半だが、中には若い女が炎の中で振袖を来て舞っていたという証言もあった。

どちらにしろ、人の手によるものとは考えにくく何らかの怪異によるものと考えられた。

そんな火事がここ一年ほど帝都の各地で起こっており、聖たちの小隊はずっとこの振袖火事事件を追ってきたのだ。特四には振袖火事が疑われる火事事件について、消防や警察に先んじて実況見分の許可が与えられていた。

(何かしらの手がかりがあればいいんだがな……)

残念なことに、いまのところ有力な手がかりがほとんど見つかってはいなかった。いままでも特四だけでなく消防の調査局にも手を借りて、現場を徹底的にしらべてきた。しかし、火元が何かすらわかっていない。

もしかすると、噂通り本当に燃えた振袖がどこからともなく飛んできて火をつけているのかもしれない。だとすると、まるで本物の振袖火事を模倣するかのようだ。

（振袖火事といえば、二百年以上前の話だ。それが蘇ったというのか？　そんな馬鹿な……）

本来の振袖火事といわれるものは、二百年以上前、まだこの帝都が江都と呼ばれていたころに現実にこの街を焼き尽くした大火事のことをいう。

歴史的な大事件となったこの大火事の発端は、一人の少女の片想いだったと言われている。

麻布の質屋・遠州屋の娘『梅乃』は母親につれられて本郷にある本茗寺に墓参りに行った。二人は、墓参りの帰りに、せっかくここまで来たのだからちょっと散策しようと上野の山をぶらりと歩くことにする。

そこで、梅乃は運命的な出会いを果たす。すれ違った美少年の寺小姓に一目ぼれしてしまったのだ。

帰宅しても梅乃はその寺小姓が忘れられず、何も手に付かなくなり、食事も喉をとおらなくなって臥せってしまった。

両親は手を尽くして娘の片思いの相手を捜したが、見つけることができない。すると梅乃は、二度と目にすることが叶わないならせめて彼が着ていた着物と似たものがほしいと両親に強請ったのだ。

それは紫縮緬に荒磯と菊の模様を染めた美しい柄の羽織だったという。両親はすぐに似た柄の振袖をつくるが、出来上がった頃には梅乃の衰弱は進んでいた。ようやく出来上がった振袖に、梅乃は一度袖を通しただけでついに力尽きてしまう。

両親は菩提寺の本茗寺で梅乃の葬儀をした。娘のことを不憫に思って、棺をその振袖で覆ったという。葬儀の後、振袖は本茗寺に収められた。

ところが当時は、寺に預けられた遺品などは寺男が持ち帰ってもいいことになっていたそうで、梅乃の振袖も古着屋に売り飛ばされてしまった。

振袖は、町娘の『きの』の手に渡るが、きのもしばらくして病にかかり命を落とした。きのの棺桶に振袖がかけられて本茗寺にもちこまれたのは、梅乃の翌年の命日だった。

寺男は再びこの振袖を売り飛ばすが、翌々年の梅乃の命日に三人目の所有者となった『いく』の葬式として三度この振袖が寺に戻ってくる。

さすがに寺の住職は恐ろしくなり、この振袖を焼いて供養することにした。

読経しながら護摩の火の中にこの振袖を投げ入れたが、そのとき大風が吹いた。火のついた振袖は人が立ち上がったような姿で空へ舞い上がると、本茗寺の屋根に落ちて寺の大屋根を燃やした。さらに、その火は次々と燃え移り、江都の町を焼き尽くす大火となったという。

この火事は明暦の大火とも呼ばれ、江都の街の大半を焼き尽くしたと記録に残っている。

（かつての怪異が蘇ったっていうのか。なんにしろ一刻も早く怪異の元をみつけ出さないとな）

聖は自らも軍手をはめると、まだ一部消火活動をしている最中の建物の中へと見分のために入って行く。住人からの聞き取りによると、最初に火が出たのは書斎のあたりだったそうだ。そちらに向かうと、先に入っていた庄治がこの屋敷の見取り図を描いていた。

「いま、管狐たちに調べさせてます」

「ああ、助かる。何か見つかるといいんだがな」

いままで帝都で起こった振袖火事を模した火事は全部で十二件。そのどれも怪異につながる証拠も、人為的な出火原因がうたがわれるものもなにも見つかっていなかった。すべて出火原因不明のままだ。

その部屋の見取り図を描き終わった庄治が他へ移動しようとして、ふと足をとめた。

「そういえば、この前没収してきたあのブツ。軍の管理部から、苦情がきてました。縁起が悪いから、どうにかしてほしいって」

「そうか。……そうだな、とりあえず預け先が見つかるまで、うちの蔵にでも入れておいてくれ」

「了解しました」

そのときは、聖もまさかその判断があんな事態を引き起こすなんて考えもしなかった。

夕食後。片付けもおわった厨房で、今日も多恵は夜食づくりに精を出していた。

つい先日まで辻斬り事件の捜査のために弁当をつくる日が多かったが、それも無事に解決したので、また夜食をつくれる日常が戻っていた。

弁当作りも楽しかったけれど、汁物や生ものは入れられないなど制約も多い。だから、そういう制約なしにいろいろつくれるようになったのが嬉しかった。

多恵は鼻歌を歌いながら、小鍋の様子を見る。今日の夜食の献立は、柳川鍋だ。胃もたれしないように薄めの味付けにしてある。

小一時間前、大悟が聖の部屋へ入って行くのを見かけたのでまだ彼も部屋にいるだろう。大悟は本当によく食べるので、二人前よりも量を多くした。

ぐつぐつと煮立つ小鍋には捌いた小ぶりのドジョウ数匹と、笹掻きにしたごぼうが味噌と醤油で味付けした割り下の中でほどよく煮えている。

そこにといた卵を流し込んで再び蓋をする。頃合いを見て蓋を開けると、ふわりと甘い香りが立ち上った。ふっくらとした卵とじの上に、三つ葉を散らせばできあがり。

冷めないように再び蓋をすると、お茶と、小ぶりのおにぎりをつけて盆にのせ、手持ち行燈(あんどん)で先導してくれるキヨとともに急いで聖の部屋へと向かった。

ところが廊下に出たところで、ふいに多恵は足を止めた。

(なんだろう？　鳴き声？)

風に乗って、どこからともなくか細い鳴き声のようなものが聞こえてきた。

「どうされました？」

先を行っていたキヨが戻ってくる。

「うん。今、何か聞こえた気がしたの。何かが鳴いてるみたいな……」

耳を澄ませると、どうやら外から聞こえてくるようだ。

盆をキヨに預けて、多恵はがらがらと雨戸をあけると真っ暗な庭に目を凝らす。

すると今度はもう少し鮮明に、鳴き声らしきものが聞こえた。

声がするのは、使用人たちの住居があるのとは反対側の場所。立派な蔵がいくつか立っているあたりだ。

「なんだろう。子猫かな。か細い声が聞こえるの」

キヨも隣に立って、同じように耳を澄ませる。

「本当だ。何か聞こえますね」

「ちょっと行ってみる！」

裸足（はだし）のまま庭に下りようとした多恵を、キヨが止める。

「ま、待ってください、奥様！　いま履物をもってきますから！」

たしかにこのまま下りてしまったら足が汚れてしまうと思いとどまった多恵のところに、キヨが急いで草履を二つもってきた。

夜食の盆は廊下に置いて、草履に足を通すと庭に下りる。

空には半月が出ていたが薄雲がかかる朧月夜（おぼろづきよ）。

キヨの持つ手持ち行燈の明かりを頼りに声の方に進んで行くと、たどり着いたのは予想通り、蔵が並んで立つ一角だった。

「やっぱり蔵の中から声はしてるようですね」

キヨが行燈を掲げる。蔵の一つに、上部につけられた換気用の小窓の扉が開いていた。

その蔵の前に行ってみると、たしかに声はその小窓から聞こえてくるように感じる。

小窓には人が入らないように格子がつけられているが、猫くらいなら入れそうだ。

キヨも同じことを考えたのか、

「あの小窓から猫が入り込んで、子でも産んだんですかね」

「そうかもしれない。蔵の錠前の鍵（かぎ）って借りられるかな」

「それでしたら、家令室にあるはずです。この時間だと、夜勤の使用人が詰めてると思いますので、ちょっと借りてきます」

「うん、お願い。あ、じゃなくて、私も行きますっ」

足早に屋敷に戻るキヨのあとを、多恵も慌てて追う。

キヨの手持ち行燈がなければ、真っ暗闇の中に取り残されてしまう。正体不明の鳴き声が聞こえる場所で一人取り残されるのは肝が冷える。それならまだ一緒に行った方がましだった。

そうして鍵を取って戻ってきても、まだあの鳴き声は続いていた。

多恵の頭の中ではすっかり可愛い子猫が鳴いている姿に変換されている。もしかしたら、母猫に取り残された子猫が母を呼んで一匹で寂しく鳴いているのかもしれないと思うといてもたってもいられなかった。

(待っててね、子猫ちゃん！)

鍵で錠前を開け、閂(かんぬき)を取り除くとキヨと二人で力を合わせて分厚い鉄の扉を開けた。

扉が開いたとたん、鳴き声はいっそう大きく聞こえた。わんわんと、蔵の中に響いているようだ。

「子猫ちゃーん。どこかなー。どこで鳴いてるのー？」

蔵の中は棚やタンス、行李(こうり)や木箱などが整然と並んでいる。

キヨから手持ち行燈を借りて、声のする方へと歩いて行った。その後ろからキヨもおそるおそるといった様子でついてくる。

どうやら棚が並んでいる辺りから声は聞こえてくるようだ。

(あれ？　声の位置が高い？)

傍まできて、多恵は不思議なことに気づく。子猫だったら床にいるはずだと思っていたのだが、声がする位置が思いのほか高いのだ。多恵の目線とほぼ同じ高さから声がきこえてくる。

そして、ここまで来て嫌なことに気づいてしまった。

（もしかして……猫じゃない……かも？）

外からは声が蔵に響いて聞こえていたため気づかなかったが、声が近くなってようやく明瞭に聞き取れた声はどこか人の声のようにも聞こえたのだ。

それも、甲高く泣きわめくような声に。

ぞわっと全身が総毛だつ気がした。

でも、ここまで来たら確かめないわけにはいかない。声がする位置は大体把握できた。奥の棚の一番はじっこ。多恵と同じ目線あたりの高さから声がしている。

えいっと思い切ってそちらに手持ち行燈の明かりを向けた。

棚にあったのは……人間の髑髏だった。

髑髏が歯のところどころ抜け落ちた口をカタカタいわせて、男性とも女性ともつかない声で慟哭していた。それは、これ以上悲しいことはないというほどの悲痛な泣き声だった。

「うぎゃ――――!!」

「ひゃあああああ」

多恵とキヨは同時に悲鳴をあげる。

屋敷の方から何事かと人が駆け寄ってきたときには、多恵とキヨは腰を抜かして抱き合って震えていた。

「どうした⁉」

「なんやなんや？　えらい声したで？」

蔵へ飛び込んでくる聖と大悟。多恵はカタカタと歯の根をならしながら髑髏を指さす。

聖はすぐに髑髏を確認しにいくと、慌てて戻ってくるなり多恵の前に膝をつく。

「驚かせて、すまない。あれを蔵に入れるよう指示したのは俺だ」

自分のせいで多恵を怯えさせてしまったことに、申し訳なさそうに肩を落とす聖。

しかし多恵は、聖の顔を見たことで安堵で泣きそうになって、おもわず彼の首に抱き着いた。

「ふわあああああ、怖かったぁぁぁぁぁ」

半泣きになる多恵の背中に、聖はおそるおそる手を伸ばすと多恵を優しく抱きしめる。

「蔵の中に入れておけば声も漏れないと思ったのだが、そうか、小窓が開いていたのだな。失念していた……驚かせてすまなかった」

真摯に謝る聖に、多恵はふるふると首を横にふる。

「……もう、大丈夫……です。聖さんが……きてくれたから」

咄嗟に抱き着いてしまったことが急に恥ずかしくなって、急いで離れると指で涙を拭い笑顔を見せる。その顔を見て、聖もほっと頬を緩めた。

隣では、

「キヨさんも、オレに抱き着いてええんやで」

なんて言い出す大悟に、

「遠慮しときますっ」

キヨはさっきまで腰を抜かしていたのが嘘のように、つんとすまし顔で返した。

そうこうしている間にも、髑髏は相変わらず甲高い悲痛な声で泣き続けていた。

大悟が棚からその髑髏を持ってくると、手のひらに載せて掲げて見せる。

「この髑髏は、とある劇団の小道具だったらしいねんけどな。最近、急にこうやって夜な夜な泣き叫ぶようになったから気味悪がられて、いろいろ人の手に渡ったあげくとあるお寺さんに預けられてたんやて。でも、そこでも檀家が気味悪がるっちゅうて、結局特四預かりになってたんや」

ため息交じりに聖が話を継ぐ。

「そうなんだ。それで特四の軍倉庫に放りこんでたんだが、軍部はなんだかんだで縁起を重んじるからな。不吉だと上層部が嫌がるから、結局うちで預かることになった」

「まぁ、体よく押し付けられたっちゅうことやな」

その話を聞いて、キヨは両腕をさするようにしながら、気持ち悪そうに髑髏を眺める。

「夜な夜な泣かれたら薄気味悪いです。な、なにか、箱とかに厳重に入れといてくださいまし」

「そうだな。なんか適当な箱、探しておく」

と、聖も承諾した。

一方多恵はというと、最初はたしかにびっくりしたし怖かったけれど、こうやって沢山の人がいるいまならさほど恐怖は感じなくなっていた。

逆に、なぜこの髑髏は泣いているのだろう、よほど無念なことがあったんだろうかと興味すら湧いてくる。

大悟が手に持つ髑髏に顔を近づけてその声に耳を澄ました。さっきから時折、泣き声の中にズズ……という雑音が混ざっているように聞こえるのだ。

（……何かしゃべってるの……？）

雑音に注意して聞いていると、それが言葉のように聞こえてきた。

『……ワ……ナ……ジ、カイ……エンザ……ン……ジ……』

そんなふうに聞こえた。同じ言葉を繰り返しているのか、何度も聞いているうちに段々、多恵の頭の中で明瞭になってくる。

「我が名はジカイ、エンザンジ？　この髑髏さん、そう言ってませんか？」

「「え？」」

多恵の言葉に、聖と大悟が同時に反応した。

「え、ほんまに？」

二人も髑髏に耳を近づけて、髑髏の口から発せられる泣き声に耳を澄ませる。

しばらくそうやって聞いてから、彼らは驚いた顔をして多恵を見た。

「ほんまや、確かに言うてるわ。ジカイ？　どういう意味やろな。あとエンザンジ？寺の名前やろか」

大悟は髑髏を持ったまま首をかしげる。

「明日(あした)、庄治に調べさせよう。そういえば君は、なんでこんなところにいたんだ？」

聖に問われて、多恵はようやく用事を思い出して「あ！」と声を上げた。

「聖さんのところに夜食をお持ちしようとしてたんです。そうだ、置きっぱなしだ、せっかく熱々をお持ちしたのに冷めちゃう！」

「それは是非とも急がねばな」

聖は多恵の慌てた姿に思わず笑みをこぼした。

この夜はひとまず、他の使用人たちが驚かないように髑髏は空いていた木箱に仕舞って蔵の小窓も閉め、再び蔵に安置することにした。

そしてキヨも含めて四人で聖の部屋に行くと、外気で冷えた身体をあたためるために柳川鍋(やながわなべ)を囲んだのだった。

蓋(ふた)をしておいたおかげで、それほど冷めてなくて多恵は内心ほっとする。

みんなで食べた柳川鍋は、心も身体もほっこり温めてくれるあたたかな味がした。

聖は早くもあの髑髏を自宅で預かったことを後悔し始めていた。

髑髏の泣き声は不思議なことに、分厚い木箱にしまい込み、陰陽術の符を貼り、蔵をきっちり閉めても、しばらくすると屋敷に声が届くようになってしまうのだ。

そのため使用人たちもすっかり怯えてしまい、暇をもらいたいと言い出す者まで現れていた。

知人の僧侶に祈禱をしてもらったりもしたが、一向に声はやまない。

僧侶いわく、「よほど訴えたいことがあるか、よほどの無念があるのでございましょう」という見立てだった。

引き取り手がなくて、まわりまわって鷹乃宮家の蔵にまで流れてきた厄介者だ。

ほかに預け先もなく、困った聖はこの奇妙な怪異現象を解明するための調査をするよう大悟たちに指示を出した。

振袖火事モドキの調査の合間を縫って、大悟は泣く髑髏の出自を、庄治はエンザンジという寺の存否とジカイという言葉の意味について調べることになった。

数日後の夕方、庄治が報告書を持って鷹乃宮家を訪れた。

「早かったな。特四の執務室で渡してくれてもよかったんだが」

自室で迎えた聖に、庄治は背筋を伸ばして報告書を手渡す。

「明日、聖さん非番ですよね。なので、こちらに来た方が早いと思って」

二人の会話を邪魔せぬよう、多恵はそっと長椅子の間の低卓へと二つお茶の湯呑を置いた。庄治は律義に多恵へ頭を下げる。

「あ、ありがとうございます。僕にはお気遣いなさらないでください」

「い、いえ、ごゆっくり」

多恵は盆を抱えて微笑み返す。敷地内に住んでいる大悟はともかくとして、庄治は聖の部下とはいえお茶すら出さないのは気が引けるので毎回出すようにしていた。

一方、聖は長椅子に深く腰掛けて足を組み、庄治の報告書に目を通しながら「ん？」という顔をした。

「俺、明日非番だったか……」

「そうですよ。聖さんの仕事の予定は把握してます。明日は非番です。ちゃんと意識して休んでください」

「まぁ、そうだな……」

　聖は気のない言葉を返した。休む気はさらさらなさそうだ。

　そういえば多恵も、聖が休日をのんびり過ごしている姿を見た記憶がなかった。毎日、大学校か軍の仕事か鷹乃宮家の当主として客人に会ったりといった何かしらの用事が入っていた記憶しかない。

　庄治は聖に報告書の内容を掻い摘んで説明した。

「帝都内と帝都近郊でエンザンジと読む寺をすべて当たってみました。その中の一つに、かつて慈海という僧侶が在籍していた記録がある寺がありました。あの髑髏が言っていた寺はそこである可能性が非常に高いと思われます」

　庄治の言葉に、聖も頷く。

「そうだな。よし、明日行ってみよう」

「いや、だから、明日は非番って……」

　庄治はなおも非番を強調したが、聖はそれを無視して多恵に目を向ける。

「多恵。一緒に行ってみないか？」

「え？　私ですか⁉」

　突然誘われて、多恵は盆を胸に抱いたままどぎまぎした。

「夫婦で休日にどこかにでかけたとしても、特に問題ないだろう」

　聖は、誰にいうともなしに呟く。

あくまで休日をちゃんととっている主張をしたいらしいが、実際は特四に預けられた髑髏の調査だ。

「こういうときだけ夫婦を利用しないでくださいよ。わかりましたよ、わかりました。次はちゃんと休暇とってもらいますからね」

やれやれと庄治は折れたようだ。

なんだかたまたま傍にいたから多恵は体よく利用されたような気もしないでもないが、それでも二人ででかけるという事実にちょっと胸が高鳴るのだった。

翌日、多恵は聖とともに庄治が探してきたという寺へ屋敷の人力車で向かった。

本日の聖は私服だ。白シャツにカーキ色の綿ズボンを穿いている。そのうえにフロッ クコートを着ていた。多恵の方はというと、キヨがお寺に行くのならあまり派手ではない方がいいだろうと選んでくれた落ち着いた藤色の色留袖を着ている。

鷹乃宮に来てからというもの、普段着ている着物は桜色や薄緑色などの明るい色のものが多かったので、落ち着いた色合いのものを身に着けると急に自分が数歳大人になったように感じるから不思議だ。

(少しは、聖さんの奥さんに見えるかな……)

人力車の座席で揺られながら、隣に座る聖に目をやる。

「ん？　どうした？」

視線に気づかれ聖に怪訝そうにされてしまった。慌てて多恵はあたふたと前を向く。

「な、なんでもありません」

ばつ悪く思っていると、隣からくすくすという笑い声が聞こえる。

珍しく、聖が愉しそうに笑っていた。

「聖さん?」

「いや、すまない。今日は大人っぽいなと思ってたけど、それを言うと普段は子どもっぽいということかと怒られるかと思ったんだ」

怒るもなにも、彼が多恵の服装に意識を留めていてくれたことが意外だった。今日は大人っぽく仕上がったと感じていたのは多恵自身も同じだったから、

「私もそう思ってたので、いまは見た目だけでも繕えてれば上出来です」

真面目に返せば聖は目を細めて、

「よく似合ってるよ。普段も可愛らしいが、そういうのも良いと思う」

さらりとそんな言葉を口にした。

多恵は、何も返せなくなって口をぱくぱくさせたあと、結局押し黙った。

(可愛らしいって言われた、可愛らしいって!)

嬉しさと気恥ずかしさがないまぜになって、耳まで熱くなってしまう。

「あ、ありがとう、ございます……」

消え入りそうになりながらそう返すのが精いっぱいだった。

そうこうしている間に、人力車は帝都を北の方へと進んで行き、辺りに民家が少なく

なってきたあたりで止まった。

先に降りた聖に手を支えてもらって降りると、そこはお寺の門前だった。脇に、『円山寺』と彫られた石柱が立っている。

聖について門をくぐる。

かなり古いお寺のように見えるが境内はよく掃除されており、庭木にも手入れが行き届いていた。

聖が庭を掃いていた十代とおぼしき小坊主に声をかけると、すでに訪問の連絡は行っていたようですぐに本殿へと案内された。

本殿の礼堂に置かれた座布団。そこで座して待っていると、しばらくして黒い法衣に黄色い袈裟を身につけた高齢の住職がやってきた。その後ろには先ほど案内してくれた小坊主が、紫色の風呂敷に包まれた何かを手に持って控えている。

住職は須弥壇に置かれたご本尊に向かって数珠を持った手を合わせ、短い読経を済ませたあとに聖と多恵に向き直った。

「今日は遠いところをお越しいただきありがとうございます」

「いえ、こちらこそ時間を作っていただいて申し訳ない。それで、話というのは」

早速本題を切り出す聖に、住職は大きく頷く。

「話は聞き及んでおります。うちにかつて、慈海という名の僧侶が在籍していたのはたしかです……ただ、その……」

住職は口ごもると、視線をそらした。

「どうかこれはここだけの話にしてほしいのです。軍の関係者だとお聞きしたので真実をお話しせねばと考えお伝えするのですが、どうかこの先は御内密にお願いします」

聖は正座したまま住職をまっすぐに見つめて即答する。

「心得ております。ここでの話は外部に漏らしはしません」

住職は視線を多恵に向けた。明らかに軍の関係者に見えない多恵を不審に思っていたようだ。聖はすぐに付け加える。

「彼女は私の妻です。今回は私どもが追っているとある怪異により、円山寺と慈海という名にたどり着きました。そのことに最初に気づいたのが彼女です。彼女は軍籍ではありませんが、こういった事象に鋭いところがあるので連れてきました。不都合でしたら席を外させますが……」

「いえいえ、そういうご事情でしたら、それには及びません」

それから住職は脇に控えていた小坊主に目配せする。

小坊主は手に持っていた風呂敷包みを聖と多恵の前に差し出すと、風呂敷を開いた。

中には一本の巻物が入っていた。さらに一枚の紙が添えられている。

「これはいまから二百年以上前に、当時の住職が慈海という僧侶から預かったとされているものです。慈海という者はどうやら孤児だったようで、若いころはこの寺で寺小姓をしておったようですな。それで、問題はそちらの書置きの紙の方でして、そちらは当時の住職が書いたものですが……」

住職はそこで一旦、言葉を区切ってから聖と多恵をゆっくりと見た。

「もういまとなっては時効でしょうからお話ししますが、そちらの紙の方には、慈海がこの巻物と同じものをもう一巻つくっており、それを持ってさる御仁のところに直訴にいくことと、もし自分が戻らなかったらこちらの巻物を公表してほしいと頼まれていたことが書かれております」

聖は紙の方を手に取る。多恵も隣から覗き込むと、毛筆でびっしりと文字が書き連ねられていた。そこに何度も繰り返し書かれていたのは、謝罪の言葉だった。

「慈海という僧侶はおそらく自らの命の危険を察しておったんでしょうな。慈海は何か月待っても戻ってはこなかったようです。ところが、当時の住職はこれを公表すればこの寺も危うくなると考え、この巻物を隠してしまいました。その紙には慈海への謝罪の言葉と、絶対にこの巻物を公にしてはならないと後世へ警告する言葉もあります。それで巻物とともにずっと寺の蔵にしまいこまれておったわけですが、そういうものがあるということは代々住職に伝わっておりました。だから、このたび慈海という名をあなたがたから聞いて心底驚きました。そして、これも何かの縁と考え、思い切って蔵から出してきた次第です」

当時の住職はこの巻物を隠してしまったようだ。しかし、燃やしてしまえば何も残らなかったはずのものを、こうして書置きまでつけてずっと蔵に残していたのは、寺を守りたいという気持ちと慈海への謝罪の気持ちがぎりぎりせめぎあった結果だったのだろう。

聖は書置きを多恵へ渡すと、今度は巻物を手に取った。ぱらりと開いて中身をざっと確認したあと、住職へこれを一時的に預からせてもらってもいいかと尋ねる。住職は快諾してくれた。

最後は持参した風呂敷に巻物と書置きを包んで、丁重に礼を言って寺を後にした。

鷹乃宮の屋敷へ戻ると、聖は自室の机の上に巻物を広げて熱心に読み始める。多恵は聖のためにお茶とお茶請けを用意したものの、机の上に置いて零（こぼ）してしまったら大変なので長椅子のとこにある低卓に置いた。

すると、聖は多恵を手招きする。

「君も読んでみるか？」

多恵は、そっと隣に行って巻物に目を落とす。

慈海という僧侶が二百年以上前に書いたと言われる巻物。その文字はとても美しく読みやすかった。

読み始めるとすぐに、そこに書かれた衝撃的な内容に多恵は驚く。

巻物には、二百年以上前に起こった明暦の大火について書かれていた。

いわゆる振袖（ふりそで）火事だ。

振袖火事の話自体は多恵も昔、流しの旅劇団の演目を見て知っていた。

振袖火事は、『梅乃』という少女が本茗寺に墓参りに行った帰りに、すれ違った美少年の寺小姓に一目ぼれしてしまったことに端を発する。

梅乃は両親に美少年が着ていたものと似た柄の振袖を作ってもらうが、恋煩いの末に衰弱して亡くなってしまう。

そのうえ、振袖の次の持ち主となった娘もその次の持ち主の娘も次々と亡くなったことで、恐ろしくなった本茗寺の住職はこの振袖を焼いて供養しようとした。しかし、火のついた振袖は大風に吹かれて舞い上がり、本茗寺の大屋根を焼いたあと、江都の町を焼き尽くす大火となったというのが後世に伝わった話だった。

だが、慈海は巻物の中で、この振袖火事という話自体に異議を唱えていた。

捏造(ねつぞう)だと、強く主張していたのだ。

明暦の大火そのものは歴史的事実だ。しかも、それが本茗寺あたりから出火したというのも当時の人々の記録からも確かなことのようだった。

明暦の大火は文字通り江都の街を焼き尽くした。江都の中心であった外濠(そとぼり)以内はほぼ全滅、城の天守閣や多数の大名屋敷、市街地の大部分を焼失したとされ、死者数は十万余りという史上最悪とされる大惨事だった。

しかしもし本当に火元が本茗寺であったなら、なんらかの罰を受けて廃寺になってもおかしくないのに、現実は違った。

明暦の大火のあと、江都の街が再建されるのとあわせて再建された本茗寺本殿は、大火事前より立派なものとなっていたのだ。

そのことに慈海は疑問を抱き、独自に調査を始めたのだと記されていた。

そして調査の末にわかったことは、本当の出火元は本茗寺の隣にあった老中の屋敷だったという事実だった。巻物には当時、老中の屋敷に勤めていたという女中や使用人複数から聞き取った証言をまとめたものも記してあった。彼らは火事のあと、金銭を渡されて固く口止めをされていたようだ。

老中の屋敷から出火した火は本茗寺に燃え移り、やがて江都中に火は移った。それが明暦の大火の原因だった。しかし老中の屋敷から出火したとあっては幕府として都合が悪い。そのため、身代わりに本茗寺は出火元として名を使われる代わりに、老中家から多額の寄付を受け取っていたのだという。

しかし本茗寺としてもただ自らの失火で火を出したとなると悪評がたってしまう。そこで、たまたまその日、三回忌を執り行っていた『梅乃』の呪いのせいということにして非難を免れたのだと巻物には記してあった。

最後まで読み終えた多恵は、ふぅと小さく息を吐く。疲れとともに、胸の中にわだかまったものを吐きだしたかった。

もしここに書かれていたことが本当だったとしたら、『梅乃』の名前はただ利用されただけに過ぎない。勝手に利用され、大火事の原因とされて後世まで恐れられている。十万人余りの人が亡くなった火事の責任を勝手に背負わされたのだ。

二百年以上経った今でも、その名前は恐れを持って伝えられ演劇や読本で語られている。

若くして亡くなったというだけでも不憫なのに、こんな悲しくて辛いことなんてあっていいのだろうか。苦しい気持ちで胸がいっぱいになった。

「なんて、ひどいこと……」

多恵はそう言葉を漏らすのが精いっぱいだった。

巻物を巻きながら、聖も疲れをにじませた声で応える。

「これが本当かどうかは、まだわからない。いまとなっては裏付けを取るのも難しい。ただ、おそらく慈海という者はこの巻物の写しを持って老中のもとに直談判にいったのだろう」

「そして、戻らなかったんですね……」

「その後のことは、推して知るべしだな。それが真実だろうとそうでなかろうと、名家である老中家の名に傷をつけようとすれば、おそらく闇に葬られたにちがいない」

「もしかして、あの髑髏って……」

そう言いかけたとき、部屋のドアがバンと開いて、大悟が入ってきた。

「聖！　やっぱここにおったな！」

後ろには雑嚢を抱えた庄治の姿も見える。

聖は眉を寄せて、

「……お前はもうちょっと静かに入ってこれないのか」

　小言を言おうとするが大悟はまったく意に介した様子もない。

　聖もそれ以上責めるつもりもないようで、仕方ないなという様子で苦笑している。

　多恵も、大悟が現れたことで重い空気が漂っていた室内の気が晴れたような気がしていた。

「報告があって職場の方に行ったら、ちょうど庄治と会ったんや。それで多恵ちゃんと寺に行ってるって聞いたもんやから、こっち戻ってきてん。んで、寺ではなんかわかったん？」

　大股（おおまた）で机の前にやってくる大悟に、聖は巻物を差し出した。

「どうしたん？　これ」

「慈海という僧侶（そうりょ）が二百年前に書いたという巻物だ。慈海はこれを持って直談判に行ったあと、殺された疑いがある」

　ぱらりと大悟は巻物を開く。

「これは随分と達筆ですね」

　庄治も眼鏡をくいっとさせながら覗き込む。その肩に管狐が一匹乗っていて、庄治と同じように巻物を覗き込んでいた。あの管狐はイチだろうか、それとも違う管狐だろうか。みな同じような顔をしているので多恵にはまったく区別がつかないが、円（つぶ）らな瞳（ひとみ）がなんとも可愛らしかった。

「それで、お前の方は何かわかったのか？」

腕組みをする聖に、大悟は巻物を読みながら答える。

「ああ。あの髑髏の出元の芝居小屋がわかったで。老舗の一座がやってるとこや。なんでも最古参の元座長が新人のころからすでに小道具として一座にあったらしい。百年以上前の罪人のモノやて伝えられてきたそうや。ただこの前の夏に突然夜中に泣き始める以前は、怪異っぽいことは何もなかったんやて。それで、この前の夏にやってた演目っちゅうんが」

そこまでつらつらと語ったあと、大悟は視線だけを聖に向けてにやっと笑った。

「振袖火事や。梅乃の悲恋と悲劇の物語を演じ始めた途端、急に泣き出したって言うてた」

大悟の話を聞いて、聖はフムと唸る。

「あの髑髏は慈海のものである可能性が高いだろうな。振袖火事の真実を伝えようとして殺害され、頭蓋骨は一座の小道具になりはてていた。それにしても、だ。大本の振袖火事がでっちあげだとしたら、いま帝都を騒がせている振袖火事モドキは一体なんなんだ？」

結局、そこのところについては何もわかっていない。なぞは深まるばかりだった。

火事場に現れる舞う振袖。二百年前の振袖火事が存在しない作り話だとしたら、いま帝都に現れているものは一体何なのだろう。

「……もしかして、そっちもでっちあげ？」

　多恵がぽつりと漏らすと、三人がこちらを見た。何か間違ったことを言ったのかとドキッとしてしまったが、

「かもしれないな」

　聖が頷いたので多恵はほっと胸を撫でおろす。聖は続けて、

「だが、火事の中で振袖が舞う怪異が現在の帝都に存在するのは間違いない。現在起こっている振袖火事モドキは、もしかしたら何者かが、二百年前の振袖火事に対する人々の恐怖を利用して新たな怪異を生み出そうとしているのかもしれない」

　と語ったあと、庄治に命令した。

「もう一度、集めた目撃証言を洗い直してみてはくれないか。現状はまだ、相手を追いつめるだけの証拠が足りないが、何か見落としているものもあるかもしれない」

「はいっ」

　庄治は軍式の敬礼をする。肩にのる管狐も、敬礼こそはしなかったが片手をあげて心なしか顔つきをキリッとさせていた。

　庄治は手をおろすと、そういえばと切り出した。

「実は情報を精査していて、ひとつ気になったことがあるんです」

「気になったこと？」

「はい。直近に起こった二軒の振袖火事モドキで、振袖が舞っている最中に現場近くで

見慣れない男を見かけたという証言がありました。野次馬にしては恐れるようすもなく、じっと振袖をみつめていたため印象に残ったと言っていました」

「男？」

「はい。念のためにその男の背恰好を詳細に聞き出してみたら、似ていることに気づいたんです。男は、五十代くらいの白髪短髪、すらりと背が高くやせ型の優男だったと申していました」

「五十代くらいの優男……」

聖はそう呟いたきり、押し黙る。

普段は賑やかな大悟までじっと聖の方を窺いながら黙ってしまったので、嫌な沈黙が室内を満たした。

どうしたんだろう。聖には何か思い当たるものがあったようだが、

「……いや、そんなはず」

ゆるゆると頭を振った。

しかし、聖はいまだ浮かない顔だ。どこか落ち込んでいるようにも見えてしまって、
多恵はつい明るい声を出す。

「あ、あの、いまみなさんにお茶お持ちしますね」

「ああ。頼む」

「はいっ」

多恵はぺこりとお辞儀をして部屋をあとにした。廊下を歩きながら、先ほどの会話を思い返してみる。

（なんの非もないのに死後に勝手に汚名を着せられた梅乃さん。その真実を伝えようとして成し遂げられなかった慈海さん。もしかしたら誰かがまた梅乃さんのことを利用しようとしているのかな……）

怒りと、そして哀しみが、ふつふつと胸の中にわいてくる。

多恵の定食屋が火事になったとき聖たちが駆け付けてくれたのは、振袖火事モドキを疑ったからだと聞いた。結局、定食屋が燃えた原因は天火という別の妖だったのだが、多恵にとっては振袖火事モドキは自分と聖を結び付けてくれた出来事でもある。だからどうにも他人事（ひとごと）のように思えなかった。

多恵には、聖たちのように振袖火事モドキのことをつきとめる力はない。でも梅乃や慈海のためになにか、できたらいいのになという気持ちが生まれはじめていた。


翌日の午後。

「奥様。多恵様！」

ぼんやりと昨日見聞きした振袖火事の話を思い返していた多恵は、お常さんの大きな声で現実に引き戻された。

「ひゃい！」

思わず声が裏返る。

「扇子をもったまま、何ぼんやりなさってるんですか。さぁ、次は奥様の番ですよ」

目の前には真四角の赤く大きな布が敷かれており、その中央には漆塗りで雅やかな蒔絵が描かれた土台が置かれている。その土台の上にはイチョウ型の的が置かれていて、手に持った扇子を的に投げて、的への当たり方や扇子の落ち方によって得点をつける遊びだ。投扇興というらしい。

これもまた、お常さんによる花嫁教育の一環だった。座学や礼儀作法、茶道華道の指導はいまも続いているが、最近はこういう上流階級の遊びを学ぶことも多くなっていた。この投扇興など、もう何度もやっている。実はお常さんが遊びたいだけなんじゃないかと思わなくもない。とはいえ、こういう身体を使う遊びは多恵も嫌いではなかった。

扇子を持ったまま的に狙いを定め、えいっと投げると扇子は見事に的へ当たった。しかし的は落ちて横になり、扇子もただその隣にぱさりと着地しただけだった。

「残念。花散里。三点にございます」

お常さんは、どことなく嬉しさのにじむ口調で告げる。

「さあ、次はお常の番でございますね」

お常さんは扇子を拾い上げると、意気揚々と腕まくりをした。

結局この日は、お常さんに惨敗してしまった。最後に片付けるために布をくるくる巻いていると、台と的を専用の桐箱に仕舞っていたお常さんが尋ねてくる。

「今日はずっと上の空でございましたね。なにか気になることでもおありでしたか？」

ちょっと気を抜くとすぐに振袖火事のことが頭に浮かんでしまって、いまいち集中できなかったのはたしかだ。聖たちはいまごろ振袖火事モドキの解決のために奔走しているのだろう。自分一人、屋敷に残って優雅に投扇興をしていることがもどかしかった。

「実は、ちょっと調べたいことがあったんですが、どうやって調べたらいいのかもわからなくて」

素直に口にすると、お常さんは、

「なんだ、そんなことでしたか。それでしたら、帝国図書館にでも行って来たらよろしいでしょう。あそこには古今東西あらゆる文献や本が集まっていますから」

「帝国図書館？　い、行ってもいいんですか？」

聖に黙って外出していいものかと迷っていると、

「御館様からは、帝都の市内くらいならば使用人や女中をつけることを条件に奥様が外出されても構わないと伺っておりますゆえ、ご心配には及びません」

案外すんなりと認めてもらうことができた。

そうしてその日の午後は、屋敷の人力車で女中のキヨも連れて帝国図書館へと向かうことになった。

人力車に揺られていると、思いのほか早く到着する。鷹乃宮の屋敷がある屋敷街から帝国図書館のある上野までは、さほど離れていないようだ。

帝国図書館は石造りの重厚な建物だった。車寄せで人力車を降りると、キヨとともに館内へと足を踏み入れる。

天上は高く、沢山の書架が整然と並べられていた。傍らには、閲覧用の長机と椅子も置かれている。

多恵が調べたいもの、それは梅乃のことだった。

二百年以上前に生きた質屋の娘『梅乃』。彼女の供養のために何かできないかと思ったのだ。多恵も梅乃と同じくらいの年頃だ。まだまだやりたいことも楽しいことも沢山あっただろうに、彼女は早くに亡くなってしまった。それだけでも不幸なのに、振袖火事の火元という汚名を着せられ、そのうえまた現代においても怪異として利用されているのかもしれない。そんな彼女のことが不憫(ふびん)でならなかった。

とはいえ多恵にできることは、料理だけだ。それなら、彼女が好きだった食べ物でもお供えできたらいいのになと思って、何か手がかりがないかと帝国図書館までやってきたのだった。

(二百年以上前の人って何を食べていたんだろう。梅乃さんは何が好きだったんだろう。何か手がかりになるものないかしら)

夕方の閉館時間ぎりぎりまで調べてみた。まずは振袖火事について書かれた書物から梅乃のことを探った。そのうえ、風土本や昔の料理本も調べて二百年前の年頃の女の子が好きだったものを探してみた。

しかし、二百年以上前に亡くなった見ず知らずの少女の好きだった食べ物を探すなんてまるで雲をつかむような話だ。

（それに、お供えするっていったってどこにお供えすればいいんだろう）

何もみつからないまま閉館時間を迎えてしまった。

とはいえ収穫が何もなかったわけではない。振袖火事を調べていてちょっと興味深い記述をみつけたのだ。それを見て多恵はますます、梅乃に何かしてあげたいという気持ちが募るのだった。

梅乃に作ってあげたい料理に関しては何も見つからないまま意気消沈して屋敷に帰る。

それでも妻としての務めを忘れるわけにはいかない。いつものように帰宅した聖を出迎え、一緒に夕食を済ませると、厨房の片づけが終わった深夜に夜食の準備を始めた。

今日の夜食は鍋焼きうどんにしてみた。一人用の土鍋に出汁でうどんを煮立て、そこに鶏肉と卵焼き、かまぼこ、しいたけ、くわいをのせてさらに煮込む。最後に餅を入れて蓋をし、余熱で温めればできあがりだ。

冷めないうちに盆にのせて運ぶ。

聖の自室にいくと、聖は資料とにらめっこしていた。

最近も夜遅くまで仕事や学業の課題をやっていることが多い。いつ寝ているのかと心配になるほどだ。

「どうぞ、今日のお夜食です」

盆ごと机に置くと、聖はちらっと鍋焼きうどんを見てすぐにまた資料に目を戻したものの、数秒経たず再び鍋焼きうどんに目をやり、諦めた様子で箸を手に取った。

「……やはり、多恵の作る夜食にはあらがえないな」

くすりと多恵も笑みを零す。

「そう言っていただけると、料理人冥利に尽きます。あ、いえ、いまは料理人じゃないですけど」

「俺が君の料理を一人占めしてるみたいで忍びない」

「いえ。聖さんが食べてくださるだけでも嬉しいです。どうぞ温かいうちに召しあがってください。それじゃあ、私は失礼します」

ぺこりと頭を下げて和室へ行こうとした多恵だったが、聖の言葉が後ろから聞こえてきて多恵の足を引き留める。

「そういえば、今日は帝国図書館に行ってきたそうだな」

おそらくお常さんかキヨから聞いたのだろう。多恵はくるりと聖の方を向き直すと、ためらいがちに報告した。

「はい。……昨日、慈海さんの巻物を読んでいたら、なんだか梅乃さんが不憫でならなくなってしまって。何かお供えできたらいいなって思って調べに行っていたんです」

聖に無断で外に出たことを怒られやしないかと心配だったが、聖はそのことに関しては何も言ってはこなかった。

「何か見つかったか？」

　多恵は小さく頭を横に振る。

「いえ、なにも。そもそもどこにお供えすればいいのかすらわかりませんでした」

「そうか。こっちの方も、特段進展なしだ。……今日もまた振袖火事モドキとおぼしき火事があった。火事と火事の間は短くなり、火事の規模もどんどん大きくなっている。早く原因をつきとめないと気ばかり焦ってしまう」

　そう言うと、聖は蓋をあけ、まだ湯気の立ちのぼる鍋焼きうどんを食べ始めた。

「聖さんの方もそうなんですね……」

　彼の食べている様子を眺めながらぼんやり呟く多恵。夜食なので量が少なめというこ
ともあるが、聖はすぐに半分ほど食べてしまう。お茶を飲んでから、聖は多恵に優しい瞳を向けた。

「それで一度原点に戻ってみようと思うんだ。今度、時間ができたら本茗寺に行ってみようかと考えている。そういえば、本茗寺には明暦の大火を悼む慰霊碑もあったはずだ。お供えするなら、そこがいいかもな。多恵も一緒に行ってみるか？」

　思いがけない申し出に、多恵の胸はトクンと高鳴る。

　それは梅乃のためになにかできそうに思えた期待からだったのだろうか、それとも彼と一緒に出掛けられる嬉しさからだろうか。

「よろしいんですか？」

今日、キヨと二人で帝国図書館にでかけてみてあらためて実感した。キヨとでかけるのは楽しくもあった。でも、苦しくなるような胸のドキドキは感じなかった。あれは聖と二人ででかけたときだけ感じるものなのだろうか。いまもまた、彼と二人ででかけられると考えただけで、胸が苦しくなってくる。

「もちろん。……それに、今日の夜食も美味いな。毎日、つい楽しみにしてしまう」

聖は、口元に柔らかな笑みを浮かべて多恵をねぎらう。その言葉ひとつひとつが、胸の中に入り込んでドキドキを加速させる。

「あ、ありがとうございますっ」

多恵はどうしていいかわからず、慌ててぺこりとお辞儀をすると逃げるように和室へと引っ込んだ。引っ込んでからもしばらく胸のどきどきは止まらなかった。

数日後の朝、多恵は聖とともに人力車で本茗寺へと出かけた。

本茗寺は本郷にある。見上げると、遠くにこんもりと緑の茂るお山があった。あれは上野の山だ。昨日、多恵が訪れた帝国図書館があり、そして梅乃が一目ぼれした相手に出会ったのも同じ上野の山だった。

寺門をくぐると、大屋根をもつ立派な本殿が目に飛び込んできた。

その本殿で二人で手を合わせると、すぐに慰霊碑を探す。

慰霊碑は墓地の端にあった。石碑に明暦の大火の被害者を悼む旨が書かれていた。聖と隣り合って手を合わせる。目を閉じると、静かに祈った。

(梅乃さんの御霊が安らかでありますように。明暦の大火で犠牲になった方々も、いまは安らかであられますように)

かつての振袖火事の原因が何であったにしろ、この界隈から火が起こり、その火が運悪くあちこちに燃え広がって街を焼いたことは疑いようのない事実なのだ。犠牲になった多くの人たちの冥福を祈った。

多恵や聖のご先祖様もそのとき、この街にいたのだろうか。どうにかして火を避け、生き延びていまに命が繋がっているのだろうか。

実を言うと、母が帝都で定食屋を営む前にどこに住んでいたのか、多恵は知らない。母が生きているうちに、もっと沢山話をしておけばよかった。いろいろなことを聞いておけばよかった。そう、悔やんでももう母はいない。

(だから……)

目を開けると、多恵はまだ手を合わせている聖の横顔を見つめる。

(契約結婚だろうとなんだろうと、私の家族はもうこの人だけなんだ)

祈り終えて目を開けた聖は、多恵の視線に気づいて不思議そうな顔をする。多恵は、彼ににこっと微笑みかけた。

そして再び慰霊碑に視線を戻す。

辻斬り事件のときは、現場となった竹藪のそばのお地蔵さんへ食べ物を供えるとあの子たちにちゃんと届いた。でも、なぜあの子たちはあのお地蔵さんのところによく出没していたのだろう。そもそもなぜあんなところにお地蔵さんが置かれていたのだろうか。もしかしたら、あのお地蔵さんは、あの子たちの失踪事件を知った地元の人たちが供養のために置いたものだったのかもしれない。だからずっとあの子たちはあのお地蔵さんのあたりにいたのかもとも思う。

それなら、梅乃に食べ物を届けたいならどこにお供えすればいいのだろうか。彼女の魂がいまもこの世にあるとしたら、どこにあるのだろうか。

「よく考えてみたら振袖火事が捏造だったとしたら、梅乃さんは明暦の大火の犠牲者ではないから、ここに梅乃さんのためのお供物をお供えしても彼女には届かないのかもしれませんね」

梅乃と言えば振袖火事、つまり明暦の大火と切っても切れない印象があったため慰霊碑にまでやってきたが、よく考えたら梅乃は明暦の大火が起こる前に亡くなっているのだ。明暦の大火と梅乃を勝手に結び付けたのは後世の人たちだ。

聖は応じる。

「そういえば、そうだな。でも明暦の大火がなければ彼女も汚名を着せられることもなかった。一番の被害者ともいえるのかもしれない」

「どこに行けば梅乃さんに届くんですかね」

いまなお怪異として利用されようとしているかもしれない、梅乃。彼女はいまどこにいるのだろう。

「そうだな……。素直に考えたら死後に埋葬された墓だろうな」

「梅乃さんのお墓……」

（あれ？　梅乃さんって、ここ本茗寺で三回忌を挙げてたんだよね？　だから、明暦の大火の原因にしたてあげられたって慈海さんが……）

巻物にはそう書いてあったはずだ。そうなると、もしかして彼女の墓はこの寺にいまもあるのではないだろうか。

聖も同じことを思いついたのだろう。多恵と目を合わせると、こくりと頷いた。

「あるとしたら、ここの墓地のどこかかもな」

「探してみたいです。あれ、でも、梅乃さんの苗字って何でしたっけ？」

墓とは一家の家名を彫り込んだものだとばかり考えていた多恵は梅乃の苗字に思いを巡らせるが、その思い込みが間違いであることに聖が気付く。

「いや、当時はまだ庶民には氏というものがなかったはずだ。埋葬方法も土葬だったかから、家ごとに埋葬するという考えは薄かったかもしれない。もし残っているとしたら本人の名の墓石くらいだろうな。二百年以上経っているはずだから、それすら残っているかどうか……それでも探してみるか？」

聖に問われるも、多恵は両手に力を込めて拳を握る。

「探してみますっ」

そんな多恵を見て、聖はフッと笑った。

「そうだな。じゃあ、手分けしてみるか」

「はいっ」

そうして二人して墓地内を手分けして探すことになった。

といっても、梅乃の墓がどんな形状でどんな風に銘が刻まれているのかわからない。

だから一つ一つ見て回った。大きく立派な墓から、小さくて厚く苔が覆っている墓石まで、見落とさないように丁寧に。

一応、現在の寺の住職にも梅乃の墓があるかどうか確認はしてみたが、二百年以上前の個人の墓はわからないとのことだった。

二人は昼食をとるのも忘れて、墓石を探した。

気がつけば陽は西に傾きはじめている。

ずっと中腰で墓石を調べて歩いたため、腰と脚がばきばきに固まってしまったかのように痛くなっていた。

「うーん」

何度も足腰を伸ばしてみるものの、溜まった疲労はすぐには抜けてくれない。

墓地はとても広く、他の区画を調べている聖の姿は見えなかった。

多恵がいる区画は古い墓が多くあるところだ。そのほとんどを苔が覆っているため、墓石になんと彫られているのか苔を払い落とさないとわからないものも多い。

（これは今日一日では終わらないかもなぁ）

空を烏の群れが飛んでいく。きっと寝床に帰るところなのだろう。日が暮れてしまえばお墓探しは一旦打ち切らざるをえない。

（はあ、ちょっと休憩）

まさか墓石に腰かけるわけにもいかないので、多恵はちょぼちょぼとしげる下草の上に腰を下ろした。上等な着物に泥をつけて帰ったりしたらお常さんに大目玉をくらいそうだが、いまはもう足腰が疲れ果てて構ってはいられなかった。

両手も草むらについて、座ったまま足をのばす。

（くぅぅ気持ちいい）

手に付いた泥を払おうと自分の手のひらを見てみると、苔がぺったりとついていた。一瞬地面の苔が手に付いたのかと思ったが、草むらの周りに苔など生えてはいなかった。見ると、多恵が腰かけていた草むらのすぐ後ろにある墓石の背面にある苔が、綺麗にこそげ落とされていた。そのとき剥がれ落ちたものが多恵の手についたようだ。

その墓石の背面には、苔を落としたあとに黒い墨のようなもので縦線を数本、横線を数本引いた格子状の図形が描かれていた。さらに奇妙なのは、その図形の中に不思議な文字がいくつも書かれていたのだ。漢字とも違うその字。多恵は似たようなものを見たことがあった。聖が陰陽術で使う符に書いてある文字、それにとてもよく似ていたのだ。

(なんだろう。この図形、すごく嫌な感じがする)

多恵は急いで立ち上がると、墓石の前側に回ってみた。墓石の前面はすっかり苔に覆われている。楕円形をした多恵の腰丈ほどの墓石で、かなり古いものに見えた。

手で前面の苔を取り払ってみると、そこに彫られていたのは『遠州屋　彦右ヱ門の娘梅乃』の文字だった。側面に彫られていた没年は、『承応四年壱月拾八日』とある。

「ひ、聖さん……!!」

多恵は急いで聖を呼びに行った。

駆け付けた彼はその墓石の前に来ると、すぐさましゃがみこんで銘を確認する。

「『遠州屋　彦右ヱ門の娘梅乃』か。当たりみたいだな。遠州屋は梅乃の実家の質屋の名前。彦右ヱ門も梅乃の父に間違いない。文献とも一致する」

「で、でも亡くなった日付が明暦じゃなくて」

多恵は墓石の横に彫られた没年を示すが、聖はそれを見てポンと多恵の頭を軽く撫でた。

「明暦の大火が起こったのは、梅乃の三回忌の日だ。亡くなった日を一回忌と考えると、三回忌は亡くなったちょうど二年後。つまり明暦の大火がおこる二年前に亡くなったということになる。元号は切りのいい日付で変わるわけじゃないから、おそらくこの時まだ前の元号だとすると、承応四年になる。没年月日からいっても、梅乃の墓で間違いない。良く見つけたな」

多恵は自分の頭にそっと触れる。さっき聖に撫でられた感触がいまもほんのり残っていた。それがくすぐったくて、なんだかうれしい。ついぼうっとしてしまいそうになったのだが、まだ伝えていないことがあったことを思い出す。

「あ、そうだ。聖さん。それと、ちょっと妙なものをみつけたんです。これなんですけど」

聖を墓石の後ろに案内する。

「……！」

墓石の不思議な模様を目にした途端、聖の表情が変わった。

顔が明らかに強張っている。

「どうしたんですか？」

多恵が問いかけるものの聖は答えず、ただ大きく目を見開いてじっと墓石の裏の模様を凝視していた。それはまるで驚きのあまり言葉をなくしているようにも見えたが、やがて彼の瞳は強い光を帯びて墓石を睨みつけた。そこに強い怒りの色が見えたような気がした。

「聖さん？」

彼の腕を掴んで軽く揺すると、彼は多恵の手に自らの手を重ねる。

「……これは……父の字だ。間違いない」

呻くように彼の口から出てきた予想外の言葉に、今度は多恵が驚いた。

「お父様……ですか？」

前に、聖の父は二年前に失踪（しっそう）したと聞いた記憶がある。

聖は墓石の前に片膝（かたひざ）をつくと、裏の模様をじっくりと眺めた。彼が手で触れても、描かれた模様が消えることはなかった。

「父の名は、鷹乃宮司（つかさ）という。今は何と名乗ってるかはしらないがな。これは陰陽術で使うドーマンという図形だ。おそらく雨で消えないように樹液に墨と血を混ぜて描かれているようだ。ドーマンは本来、魔を避けるために使うものだが、ドーマンの図形を利用して梵字（ぼんじ）で新たな意味を加えているみたいだな。この配置、この文字列だと、霊と瘴（しょう）気（き）をひとところに集めて留（とど）め、何かを生み出そうとしているように見える」

「霊っていうと、梅乃さんの魂ですか？」

「ああ。わざわざ墓の裏に描いているくらいだからな。梅乃の魂に、瘴気を混ぜて化け物を作ろうとしているのに違いない。火事を起こし火を操る化け物としてな」

聖はそう言うと、胸ポケットから一枚の折りたたまれた紙を取り出して多恵に渡した。

受け取った多恵が紙を開くと、それは似顔絵だった。

一人の男性が描かれている。歳のころは五十前後だろうか。頬は少しこけているが、切れ長の目をした優男だ。ふと、誰かに似ていると思ったが、すぐにそれが誰だかわかった。聖に似ているのだ。

「振袖（ふりそで）火事モドキの被害者や火事の現場にいた者たちへ、火事が起こった前後に現場付近でこういう風貌の男をみかけなかったかと聞いてまわった。そうしたら案の定、何人か見たと証言するものがあった」

「もしかしてこれって、聖さんのお父様の……司さんですか？」

聖は、多恵の問いかけに一瞬酷く悲しい瞳をした。が、すぐにいつもの無表情に戻る。

「ああ。もしや父が関わっているのではと疑っていたが、この墓石の裏の術式を見て確信した。帝都を騒がせている振袖火事を模した連続火事の怪異を引き起こしているのは俺の父だ」

彼はきゅっと唇を噛むと、墓石にくるりと背を向けた。

「いこう。調べたいことがある」

足早にその場から去っていく聖のあとを多恵は慌てて追うが、途中で梅乃の墓石をもう一度ふりかえった。夕暮れ間近の薄闇の中、墓の周りに黒い靄のようなものが纏わりついているように見えた。それで恐ろしくなって、先に行ってしまった聖のもとへ急いで駆けていく。

すぐさま境内の片隅で待っていた人力車に乗り込み鷹乃宮の屋敷へ向かったが、墓石の前を去って以来、聖はずっと無言だった。何かをずっと考えているようでもあり、吹き出しそうな気持ちを必死に抑え込もうとしているようでもあった。

多恵は何か話しかけようかと考えたが、今の彼にかけられるような言葉は何も浮かばず、そのまま彼に寄り添うことしかできなかった。

元々聖はそれほどしゃべる方ではない。だから、二人で過ごしていても会話がなくなることもよくあった。いつもなら、その沈黙も心地よかった。だけど、今は違う。沈黙が、身を切るように辛かったのだ。

そうやって耐えていると、しばらくして聖がぽつりと言葉を発した。

「多恵。梅乃になにかしてやりたいと言っていたよな」

彼が話しかけてくれたことが嬉しくて、多恵はこくこくと必死に頷いた。

「はい。言いました。巻物を読んだら梅乃さんのことが不憫でならなくなって。それに歳が近いこともあるからか、なんだか他人事には思えないんです。何か彼女のためにできることがあればいいんですが、私にできることっていったら料理するくらいですし」

なので、日を改めて彼女の墓に何か彼女が好きそうな料理をお供えしたいなと考えていた。

「ぜひ供えてやるといいだろう。俺ではもし瘴気を取り込んで化け物になり果てた梅乃を前にしても、血切丸で討伐するか陰陽術で封印するかしかできない。だけど、君なら梅乃に蓄積された瘴気を晴らして彼女を救うことができるのかもしれない」

「できるんでしょうか……」

自信なげに応える多恵に、聖は優しく言葉を返す。もう先ほどまでの怒りに満ちた空気はすっかりどこかへ消えていた。

「前にも言ったが、どうやら君の作る料理には化け物の瘴気を祓う力があるように思うんだ。そうじゃないと、瘴気にとりつかれて恨みに我を忘れていた辻斬りの『いよ』が突然正気を取り戻した理由の説明がつかないからな。……俺の血切丸の黒い染みが少しずつ減っている理由もだ。だから君の作る料理に何らかの力があるのだと考えるのが一番しっくりくる」

多恵自身、本当に自分の料理にそんな力があるのかどうか半信半疑だった。どうやって作れば祓う力をもつのか。食材は？　調理法は？　料理はなんでもいいのだろうか。わからないことだらけだ。でももし梅乃を救える可能性があるなら賭けてみたいとも思う。

「父のことは俺が責任もってなんとかする。だが、梅乃のことはどうにか討伐以外の道を探りたい。血切丸で斬ってしまえば、魂ごと消滅させてしまいかねないからな」

「……わかりました。何を作れば梅乃さんに喜んで食べてもらえるかもう一度考えてみます」

まだ何も思いつかなかったけれど、やれるだけやってみようと心に決めた。意欲を燃やす多恵のことを、聖が眩しそうに見ていたことに多恵はまだ気づいてはいなかった。

鷹乃宮の屋敷に戻った聖は、一人でとある蔵の前に立っていた。

ひとつだけ敷地の外れにある古い蔵だ。今は誰も入れないように封印されている。

(なんとしても、父の蛮行を止めなければな。思えば、父がおかしくなったのは母が亡くなってからだった。……いや、もしかするとそれまでは俺が幼すぎて父の異常性に気づかなかっただけかもしれない)

聖が父の異常性に気づいたのは十歳のころだった。

『お父さま、なにをしてらっしゃるんですか?』

母の死後、父は敷地の隅にあるその古い蔵へよく籠るようになっていた。父がそこに籠っているときは、蔵に決して近づいてはいけないときつく言われていた。しかし、どうしても父に話したいことがあった十歳の聖は、言いつけを破って蔵の扉を開けてしまう。扉を開けたとたん、鼻についた濃い血の臭いがいまも忘れられない。

『ん? ああ、聖か。ちょっと待っていなさい、いま済ませるから』

蔵の天井の梁に幾本も縄がかけられ、そこに妖たちのものとおぼしき異形の形をした足や腕、首などがつるされていた。ぽたりぽたりとどす黒い血が雫となり、蔵の床に染みを作る。

蔵の真ん中には寝台のようなものがおかれ、そこにも毛むくじゃらの妖が寝かされていた。身体を固定され動けないようだ。そこに、司はいつもの温和な笑みを湛えたまま、容赦なく血切丸を振るった。鮮血が飛び散り、妖の悲鳴が蔵の中に木霊する。やがて声は消えて妖は動かなくなった。

『お父さま……!?』

『ちょっとばかり、実験だよ。瘴気はどこからきて、どこから入り込むんだろうね。身体を切り離せば瘴気も切り離せるんじゃないかと実験してみてるんだが、なかなか難しくてね』

口調は柔らかいいつもの父のままだった。しかし、語られていることのおぞましさに聖は身体を震わせた。

その後、聖がこの蔵に近づくことはなかった。司が失踪した直後、父を捜すためにこの蔵の扉も再び開けたが、そのときにはもうもぬけの殻となっていた。

父は、妖や霊といった怪異な存在に対して非常に冷酷な人間だった。

過去の記憶を思い出したせいで、幼いあの時に感じた濃い血の臭いが今も鼻にこびりついているような気がし、聖は振り払うように軽く頭を振る。

あんな異常な人間を自由にさせておくわけにはいかない。

(たとえ刺し違えたとしても……必ず止めてやる)

それは愛憎入り交じる悲壮な決意だった。

布団に入っても、多恵はなかなか寝付けなかった。

梅乃へのお供物を何にしようか悩んでいた。なんでもいいというわけにはいかない。多恵には霊や人外の存在のことはよくわからないが、神様や仏様にお供物をするときは相手が好むものをお供えするというのはごく普通なことだった。

　母の墓は郊外にあるため鷹乃宮家に嫁いでから一度も墓参りに行けていないのだが、もう少し暖かくなったら母が好きだった鈴蘭の花を持って、母が好きだったお酒も持参して墓参りに行こうと思う。

　だからやっぱり、梅乃の墓に供えるものもできる限り彼女が好きだったもの、当時も食べられていた馴染みのあるものにしたいのだ。

　だが、帝国図書館で調べても結局はよくわからなかった。二百年以上も昔のことなのだ。食について書かれた資料自体がなかなか見つからない。

（他に調べられる資料っていったって……）

　途方にくれたところで、多恵は隣の布団の方にごろんと身体を向けた。

　隣には誰も寝ておらず、洋室の明かりが障子越しに見える。

　聖は今日も遅くまで起きて仕事か課題をしているようだ。

　多恵はそっと起き上がって障子を開ける。机で読み物を読んでいた聖が顔を上げた。

「なんだ、まだ起きていたのか」

　こくんと多恵は頷いた。

「なんだか、いろいろ考えてしまって眠れなくて……。ちょっとお水飲んできます」

浴衣の上にエンジ色の茶羽織を羽織ると、ぺこりと頭を下げて机の前を通り過ぎようとしたが、

「ああ、まて。これを持っていくといい」

聖は机の脇から手燭を取り出すと、その上に刺さっている和ろうそくにマッチで火を灯して渡してくれた。

「大丈夫ですよ？　手探りで行けますし」

ろうそく、とくに和ろうそくはとても高価だ。だから遠慮したのだが、

「暗闇で転びでもしたらどうするんだ。いいから持っていけ」

ぶっきらぼうな言い方の中に、彼の優しさが滲む。

それがほんわかと嬉しくて、多恵はありがたく借りることにした。

廊下に出ると、雨戸が閉まっているため真っ暗だ。和ろうそくのあたたかみのある明るさが心強い。

厨房まで行って水ガメから柄杓で湯呑に水を注ぐと、木の椅子に腰かけてゆっくりと喉を潤す。布団の中でもんもんと考え込んでいた頭が、ずいぶんすっきりとした感じがした。そう思ったら、あくびも出た。

（ふわぁ、ようやく寝れそうかな……）

再び、手燭をもって廊下を戻ると、遠くから悲鳴のような泣き声が聞こえた気がした。

足を止めて耳を澄ますが、今度は何も聞こえない。

（……またあの、慈海さんの声かと思った）

たぶん、空耳だ。それか、風の音でも聞き間違えたのだろう。

慈海の髑髏（どくろ）はいまもあの蔵に安置されている。ただ、泣き声を屋敷の人たちが怖がるため、頑丈な木箱にいれて、そこに聖が封印の符を貼ってあるらしい。

でも、あまり強い符を貼ってしまうと泣く髑髏という怪異自体を完全に封じて消してしまいかねない。振袖（ふりそで）火事モドキの数少ない手がかりの一つとしていまはまだ怪異を消したくないという思惑から、弱い符しか貼っていないそうだ。

（慈海さんの泣く声、本当に辛（つら）そうだったな……）

大悟からは、芝居小屋で振袖火事の演目をやり始めて以来、泣きだしたと聞いた。

やはり、慈海が調べた火事の真相をいまだに公にできず、振袖火事が梅乃さんの呪いだと信じられているのが悲しいのだろうか。

（あれ？）

そこで、はたと疑問に思う。

慈海は、そもそもなぜ振袖火事について調べはじめたのだろう？　本茗寺に不審な金が流れていることに気づいたとしても、なぜそれを追及しようと思ったのか。

しかも、なぜ命を賭（と）して老中のもとへ直談判なんてしに行ったのだろうか。

わざわざ同じ巻物を円山寺に残しておいたくらいだから、危険は重々承知だったのだろう。それなのに、なぜ……。

（そもそも、慈海さんって……どういう人なんだっけ？）

明暦の大火で家族を亡くしたのだろうか。いや、円山寺の住職は慈海は孤児だったようだと言っていたのではなかったか？

（住職さん、他に何か言ってなかったっけ……えっと……孤児で、円山寺で寺小姓として育って、やがて僧侶になったって……）

寺小姓という単語、どこかで聞いた記憶がある。

多恵ははっとすると、廊下を足早に歩いて部屋へと戻った。

ドアを開けると、まだ聖は本を読んでいた。彼にかけた声は、興奮で上ずっていた。

「聖さん！　あの、巻物！　もう一度見せてもらえませんか？」

突然のことに、聖は驚いた様子だったが、

「あ、ああ……別に構わんが」

机の引き出しから、慈海の巻物を取り出して手渡してくれる。多恵は、手燭の火を吹き消して聖に返すと、交換に巻物を受け取った。さっそく長椅子に座って巻物を丹念に読み始める。

聖も気になったのか、多恵の横に腰を下ろした。

「どうした？」

多恵は巻物に書かれた文字を手でなぞって読み直していく。

「慈海さんって、誰だったんでしょう」

「え？」

「なんで、命を懸けてまで真実を訴えようとしたんでしょうか。そしていまもなんで怪異を起こしてまであんなに悲しそうに泣き続けているんでしょうか」

「え……なんで、だろうな。本人なりののっぴきならない事情があったの……か……？」

聖は戸惑いながらも、考えながら慎重に言葉を選び出す。

「そうなんですよ。きっとそこに大事な想いがあったんじゃないかと思うんです。梅乃さんが若くして亡くなったのは確かだったんですよね。慈海さん、もしかして生前の梅乃さんのことを知ってたんじゃないでしょうか。だから、彼女のために必死で汚名をそそごうとしたんじゃないかって思って」

「たしかに、それはありえるな……」

巻物に書かれた文字数自体はさほど多くはない。だから、それほど時間もかからず最後まで読み終わってしまった。この巻物にまだ何か手がかりあるんじゃないかと読んでみたが新たな事実は見当たらない。やっぱり思い過ごしだったのかな、と多恵ががっかりして巻物を巻き直そうとしたときだった。

芯の部分の糊付けが一部、はがれかけていることに気づく。二百年以上の年月を経て、糊が劣化し剝がれたようだ。その剝がれた部分にも、何か書かれているのが見えた。

（なんだろう……）

剝がれかけた部分を手でひっぱると、簡単にぱらりと剝がれる。

「『……………！』」

二人は、同時に息を呑んだ。

剝がれた部分に、新たな書付けが出てきたのだ。

そこに書かれていたのは、衝撃の事実だった。ずっと隠しておきたかったけれど、書かずにはいられない、そんな慈海の悲痛な声が聞こえるようだった。

『私こそが、遠州屋の娘、梅乃の一目ぼれの相手であり、私もまたかの娘に心惹かれていたのに、すべてを知ったときにはもうおそかったのだ』

そんな文から始まった告白文。慈海こそが梅乃が上野の山ですれ違い、一目ぼれした寺小姓だったのだ。

『上野の山で、あの娘が草履の鼻緒が切れて困っていた。手持ちの手ぬぐいを裂いて直してやると、礼にとくれたコンペイトゥが今も忘れられない』

そのあとは慈海の悔恨の念がつづられていた。

彼は梅乃もまた自分に一目ぼれしていたことを知らなかった。梅乃が恋煩いで食事もとれず弱っていったことも、彼女の両親が自分を捜してくれていたことも知らなかった。

梅乃が亡くなったのを知ったのは、たまたま円山寺の用事で本茗寺を訪れたときだった。そこで慈海は梅乃の三回忌の法要に出くわしたのだ。

彼女の棺にかけられていた振袖の柄は慈海が持っていた羽織の柄に酷似していた。失意のままに寺をあとにしたその日、本茗寺の大屋根が燃えて明暦の大火がおこる。

振袖火事の噂を耳にし、慈海はそれも自分のせいだと心を痛めていたが、火事を契機に本茗寺が裕福になっていくのを見て何かおかしいと気づいたのだという。

そこで、努力して偉くなり本茗寺の僧侶となって内部から情報を探り、真実を知ったのだと記されていた。

「まさか、梅乃の好きになった相手が慈海だったとはな」

「……二人は両想いだったんですね。でも、すれ違ったまま、梅乃さんは亡くなってしまった」

それだけでも悲しい話なのに、梅乃は明暦の大火の原因として汚名を着させられ続けている。汚名をそそごうとした慈海もまた、闇に葬られたままだ。

「だから……だから、慈海さんはあんなに悲しく泣いていたんですね……」

二人の悲恋の物語はまだ終わってはいない。誰かが終わらせてあげなければ、二人は成仏することもできないだろう。

「聖さん。私、金平糖をつくりたいです。金平糖は、二人を繋ぐ思い出の味ですから、きっと梅乃さんにも届くと思うんです」

多恵自身、本当に自分の料理に瘴気を祓う力があるかなんてわからなかった。でも、怪異を止められる可能性があるなら、やってみるしかない。それに、金平糖ならきっと受け取ってくれるんじゃないかと思うのだ。

「金平糖か……あれは、専用の竈がいるんじゃなかったか。大悟のおふくろさんが大阪で商売人をやっているから、大悟に頼むといい。鷹乃宮家で使う陰陽術の道具なんかも大悟の実家の大江商会に頼んでいるんだ」

「大悟さんのお母さんですか？」

大悟をそのまま女性にしたような大柄な女性が、ぼんやり頭に浮かんだ。

「それにどうせなら、豆まきみたいに撒いてみるのもいいかもしれんな。豆まきもそもその由来は食べ物を撒くことで邪気を祓う散供という儀式からきている。それを多恵の作った金平糖で行えば、さらに祓う力が強まるかもしれんしな」

というわけで、梅乃にお供えするものは金平糖に決まった。

「俺も、振袖火事モドキの怪異に父が関与してるならむしろやりやすい。おそらく、火を点ける場所の選定は陰陽術の考えに沿っているはずだ。その法則がわかれば、先回りすることも可能だろう」

「もしかしたら、そこに梅乃さんの霊もいるのかも……？」

「かもしれんな。怪異になりかけているのなら、早急に助け出してやりたい。それには、多恵の金平糖が役に立つかもしれないな」

期待してるぞといわんばかりの彼の言葉に、多恵も意欲をもやす。

「はいっ。美味しい金平糖をつくりますね」

しかし、金平糖をつくるのがあんなに大変だということを多恵はこのときまだ知らなかった。

翌日、聖が出勤するのに合わせて見送りに出た多恵は、聖を迎えに来ていた大悟に早速頼んでみた。

「あの！　金平糖をつくる道具がほしいんです！」

「金平糖？　あのちっちゃくてとげとげした甘いやつやっけ？」

こくこくと多恵は頷く。大悟はニカッと笑うと片腕を上げて力こぶを作った。

「多恵ちゃんの頼みや。任しとき」

（よかった。これで金平糖がつくれる）


それから一週間ほど経ったある日。

自室で筆記帖にいままでつくった夜食を書き記していたら、慌てた様子でお常さんがやってきた。

「奥様！　ちょっと厨房にきてくださいましっ」

「へ、あ、はいっ」

すぐにお常さんについていくと、広い厨房の片隅で細身の女性がなにやらレンガをくみ上げていた。

女性は多恵に気づいて作業の手を止め、頭に巻いていた布を取って立ち上がる。

「あら、聖さんの奥様やね！　きゃあ、一度お会いしてみたかったんですぅ！　ほんま、かわいらしい方やわぁ。あ、うちの愚息がお世話になってます」

丁寧に深くお辞儀する女性。

歳のころは五十前後。だが小柄で細身なのに、年齢を感じさせずはつらつとした元気な女性だった。化粧は薄く、肩のあたりで真っ直ぐに切りそろえられた黒髪が印象的だ。

「あ、えと、直来……じゃなかった鷹乃宮多恵です。あの、あなた様はどちら様ですか？」

「ぎゃあ、まだ自己紹介してへんかった！　すみません、そそっかしくて。大江ナギと申します。大江商会にご発注ありがとうございます。今日は、金平糖製造機の設置に参りました」

金平糖……そして、大江商会という名前を聞いて、多恵は「ああ！」と声をあげた。

「もしかして、大悟さんのお母様ですか？」

おそるおそる尋ねると、彼女はニカッと笑った。笑顔が大悟とそっくりだ。

「お母様なんて、そんなたいそうなもんじゃないですよぉ。ああ、そうや、早よ設置してしまわな。奥様、待っててください、すぐに金平糖つくれるようにしますさかい！」

そしてもう一度ぺこりと頭を下げると、ばたばたと作業に戻っていった。

ナギはどんどんレンガを組み立てていく。そしてものの小一時間ほどで立派な金平糖製造機を設置したあと、

「ほな、おおきに。またよろしゅうお願いします」

疲れも見せず、大阪から乗ってきたという馬車を一人で操って元気に去って行った。

このあと、陸軍の駐屯地にいる大悟のところに顔を出しにいくのだそうだ。

（……お元気だなぁ、さすが大悟さんのお母さん。さてと、さっそく金平糖づくりにとりかからなきゃ）

多恵はたすきをかけると、いまナギがくみ上げてくれたばかりの金平糖製造機に向き合った。

もっと小さな鍋のようなものを想像していたのだが、できあがった金平糖製造機は思ったより大きくて本格的なものだった。

レンガで組んだ竈の上に、大きな中華鍋のようなものが斜めに設置されている。

つくり方はざっとナギに教えてもらったし、多恵も帝国図書館に行ってつくり方を筆記帖に書き記してもいた。

金平糖は、あんなに小さくて口の中に入れるとすぐになくなってしまうのに、つくるのにはとっても時間と手間がかかるのだ。

まず、竈に薪を入れて火を点け、大鍋をあたためる。それにあわせて、脇に置いた七輪に小鍋をのせて原料となる白砂糖と水を混ぜて溶かして糖蜜をつくる。

大鍋がほどよくあたたまったら、金平糖の核となる胡麻を入れる。そこに少しずつ糖蜜を振りまいて、茶筅でまんべんなく混ぜていくのだ。

糖蜜をかけては鍋の中で転がす。それを何度も何度も繰り返していくうちに、核である胡麻の周りを結晶となった砂糖が少しずつ少しずつ覆っていく。

これを朝から晩まで、約二週間ほどひたすら繰り返す。

熱い竈の前にずっと立って作業を続けるのも重労働だ。

まだ寒さが残る季節にもかかわらず、竈の前にずっといると額に汗が噴き出してくる。

首にかけた手ぬぐいで汗を拭きながら、多恵はひたすら金平糖づくりに没頭した。

梅乃の哀しみを思って、慈海の悔しさを思って、二人の安らかな成仏を願って、糖蜜をかけ茶筅で転がす。

聖や大悟、庄治たちも手伝いを申し出てくれたが、それでなくても振袖火事モドキの調査で忙しいのだ。そちらに専念してもらうために、丁重にお断りした。

それに、この金平糖づくりは多恵ひとりでやらなければいけないようにも思うのだ。

もし本当に、多恵のつくったものに瘴気を祓う力があるとするなら、なるべく多恵が一人でつくり上げた方がその力がより効果的に働く気がした。

深川のお地蔵さんにお供えしたあさりのしぐれ煮は、すべて多恵が一人でつくったものだった。

(だから、今度も私が一人でやらなくちゃ)

そうして、金平糖をつくり始めて三週間がたった。鍋の中には大粒の金平糖がごろごろと転がっている。

いまやっている工程は金平糖に色をつけるものだ。鍋の中ではころころとしっかりと角の立った金平糖が転がっている。そこに色をつけた糖蜜を振りまいて、少しずつ色をつけていくのだ。色は、桃色と黄色、それに薄緑にした。何も色をつけない白色もいれると全部で四色になる。

今日は厨房に、庄治を呼んでいた。仕事の途中なので、軍服姿で肩から大きな肩掛けの雑嚢を下げている。

「へぇ、前に見た時よりずいぶん大きくなりましたね」

横から庄治が珍しそうに眺めている。その両肩にはそれぞれ管狐が一匹ずつのって、興味深そうにくりくりした円らな瞳で見ていた。多恵が茶筅で鍋をかき混ぜるたびに、斜めに傾いた鍋の中をころころと桃色の金平糖がころがる様子が面白いのかもしれない。

「こっちの方は冷めてるから、食べてみます？」

黄色の金平糖を入れていたザルから、数個摘まんで庄治に渡した。

「いいんですか？　金平糖って初めて食べます。面白い形ですね」

庄治は不思議そうに手のひらの上の金平糖を眺めた。その手のひらから、管狐たちが金平糖を取ろうとして二匹でジジッとにらみ合っている。

「喧嘩するなよ、イチとロク。お前らは一個ずつだ」

管狐たちは大人しく一つずつちっちゃな前脚で金平糖を摑むと、大きく口をあけてかじりつく。

庄治も残りをほいっと口の中にいれて転がした。

「うわぁ、甘い。でも飴よりもっと繊細で優しい味ですね」

「砂糖そのままの味だから。でもそうだよね。なんか、優しい味だよね。あ、そうだ。庄治さんに来てもらったのは、ちょっとお願いしたいことがあったからなの」

彼に頼みたいことがあったので、今朝、出勤する聖にお願いして庄治に厨房まで来てくれるよう伝えてもらったのだ。聖本人は、まだ屋敷には帰っていないようだった。きっと、軍の駐屯地にいるのだろう。

多恵は厨房の板間へと上がると、そこに置いてあった風呂敷を広げる。中には小さな手提げ籠がいくつも入っていた。その一つを手に取って庄治のところへと戻る。

「この金平糖を梅乃さんに届けるのに、どうやろうかと考えたんです。お墓にお供えするのもいいんだけど、できたら本人に直接届けたいなって思って。それで、もし振袖火事モドキの現場に立ち会うことができたら、この籠の中に金平糖を入れて、管狐ちゃんたちに空から撒いてもらえないかなって考えたんですけど……どうでしょう？」

実はこれは聖の提案だった。もし撒くなら手で撒いてもそれほど遠くには届かない。それなら庄治の管狐に手伝ってもらったらどうか？　と言われたのだ。

管狐は管狐使いである庄治の言うことしか聞かないそうなので、それには庄治の協力が不可欠だった。

振袖火事モドキに聖の父・司が関わっていると知ってからは、聖たちは振袖火事モドキが起こるだろう場所をある程度正確に予測できるようになっていた。いままで二件、火事が起こった時にすぐに現場へと駆けつけて、実際に振袖が舞うのを見ているという。

だから次また振袖火事モドキが発生した時に、金平糖を撒いてみたいと思っていた。

庄治は手提げ籠を眼鏡の奥から興味深げに眺める。この手提げ籠は多恵が夜なべして編んだものだ。あまり器用ではないので形は不揃いで不恰好だが、金平糖を撒くためだけなら充分だ。籠の底は網目が荒くなっており、ちょうど金平糖が少しずつ落ちるようになっている。

庄治が肩の上で毛づくろいをしていたロクに手提げ籠を渡すと、ロクは小さな口を開けてパクッと手提げを咥える。

「うん。これくらいの大きさなら、問題ないな。いいですよ。火事が起こってしまえば僕は避難誘導くらいしかできることがないですし、火事を止める手助けができるなら手伝います」

庄治の快諾に、多恵は手を合わせて喜ぶ。

「ありがとうございます！　庄治さん！　よぉし、金平糖の仕上げにかかっちゃおう」

意気込んだ、そのときだった。

カンカンカンと半鐘の音が鳴り響く。

多恵と庄治は一緒に勝手口から外に飛び出した。

庭に出て辺りを見回す。

多恵も半鐘の意味はひとつだけ知っている。幼い頃から母に言いつけられてきたからだ。

『絶え間なく早く打つ鐘が聞こえてきたら、気をつけて。それは近くで火事が起こってるということだから』

母は何度も口を酸っぱくしてそう言っていた。

「あ、あそこ！」

庄治が指差した先に、うっすらと煙が立ち上っていた。

「聖さん、次に振袖火事モドキが出るのはここの近くかもしれないって言ってたんです。僕、ちょっと行ってきます！」

庄治がすぐさま駆けつけようとするのを、多恵は止めた。

「待って！　私も行きます！」

厨房に戻ると、出来上がったばかりの金平糖を小袋に詰め、手提げ籠も風呂敷に包んだ。

「あ、そうだ！　あれも！　庄治さん、お願いします！　手伝ってもらえませんか⁉」

もう一つだけ、絶対忘れたくないものがあった。

庄治とともにそれを取りにいき、その木箱を庄治に持ってもらった。

これで持ち物はそろったが、着物姿の多恵では走るのが遅くて現場に駆け付ける庄治の妨げになってしまう。だから、屋敷の人力車を使おうと考えていた。

お常さんに外出の許可をもらって、それから屋敷の人力車を手配することになるのだが、屋敷の正面玄関に回るとすでにそこには人力車が止まっていた。

車力の男が、多恵を見てニヤリと笑う。

「奥さん、急ぎなんだろ？　さあ、乗んな。どこへ向かえばいい」

「あ、ありがとうございます！」

人力車に乗り込むと、すぐに車力は走り出す。

庄治ははじめ、上司の屋敷の人力車に乗るわけにはいかないと拒んでいたが、人力車の車力に、「お前さん、走るのが仕事の俺の全速力より早く走れるのかい？」と言われ、しぶしぶ人力車に乗り込んだ。

実際、人力車はとても人二人を乗せて走っているとは思えないほど速かった。風のような速さでぐんぐんと煙が出ている場所に近づいて行く。

人力車の座席は視点が高いため、立ち上る煙はよく見えた。

どんどん煙の量が多くなってる気がする。

「あそこだ！」

車力の男が言うように、真正面に燃える洋館が見えた。

二階建ての洋館が真っ赤な炎に包まれている。

なぜか野次馬たちの姿が見えない。手前の少し離れたところに、蒸気ポンプを持った男たちが見えるが消火作業はまだ行っていないようだった。その間を人力車は通り抜けて屋敷のすぐ前まで来た。

誰も近寄らない理由はそばまできてすぐにわかった。

「あれは……！」

人力車から飛び降りた庄治が指差す。

洋館の屋根のうえに、ひらりひらりと舞う大きな布のようなものが見えた。

（いや、違う。あれは単なる布じゃない、あれこそ……振袖!!）

屋根を覆い尽くすほどの炎の中、優雅に上品に、一枚の振袖が踊っていた。まるで中に人が入っているかのような動きだが、人の姿は見えない。

ただ、振袖だけが舞っているのだ。

炎の熱気でたまたま振袖が動いているとかそんなものとは全く違う。明らかに日本舞踊らしきものを踊っている優美な動き。

異様な光景だった。

野次馬もおらず、消火活動すらまだ行われていないのはこのためだ。みな、恐れ慄いて近づくことすら出来ないのだ。

いや、屋敷の前に人影が全くないわけではない。

屋敷のすぐ手前に二つの人影、そして、燃え盛る洋館の二階にある外向きの開口した通路にも二つの人影が見えた。

そちらに目をやって多恵は息を呑んだ。

洋館二階の通路にいるのは聖だ。いままさに、血切丸で誰かと鍔迫り合いをしていた。

相手はすらりとした長身の、着流しを着た白髪の男だ。

二人は睨み合ったあと、間合いをとったかと思うと、狭い通路内にもかかわらず激しく斬り合った。

不思議なことに、これだけ建物が炎に包まれているというのに、聖たちがいる通路には火がない。まるで炎が避けているかのようだった。

洋館の前にいるのは大悟だ。しかし、もう一人、大悟と互角なほど体格のいい五十代がらみの大男に阻まれて聖のところへ加勢にいけないようだった。こちらは素手で取っ組み合っている。

「おとん！　どけや！　どいてくれ‼」

大悟は叫びながら必死に大男を出し抜こうとしていたが、阻まれて洋館に近づけない。大悟の怪力をもってしても大男を振り払えないようだ。

そうこうしている間にも、火事はますます強くなる。

（どうしよう。どうしたらいいの）

おろおろと多恵は聖と大悟を見るが、多恵が加勢しにいったところで邪魔にしかならないのは目に見えている。

胸に持った風呂敷と小袋をぎゅっと抱くと、しゃらりと何かが鳴った。金平糖だ。

（そうだ！　私はこの金平糖を梅乃さんに届けにきたんだ）

早くしないと、せっかく炎の中で舞う振袖に出会えたのに、いつこの場から消えてしまうかわからない。

よく見ると、屋根の上で舞っている振袖が少しずつ薄くなってきているように思えた。

「待って！　行かないで！」

大きな声で呼びかけると、いままさに大悟の下へ加勢に行こうとしていた庄治が身体をびくりとさせてこちらを振り返った。

「な、何ですか!?」

庄治に向けて待てと言ったわけではなかったが、彼を足止めできてちょうどよかった。

多恵は彼の下に駆け寄ると、風呂敷包みを抱えたまま屋根の上の振袖を指差す。

「管狐さんたちの力を貸してください」

「あ、そか。そうだった。待っててください」

庄治は肩にかけた雑嚢から竹筒を五本取り出した。

「出でよ、イチ、ニ、ゴ、ロク、ハチ！」

するんと竹筒の中から一匹ずつ管狐がにゅるんと出てきた。多恵は急いで風呂敷包みを開くと、手提げ籠を取り出してそこに金平糖を小山に盛る。

「おねがいね、イチちゃんに、ニちゃんに、ゴちゃんと……えっとあとは、えと、おねがいします！」

一匹一匹の口に手提げ籠を咥えさせると、管狐たちはすぐさま洋館に向かって走っていく。

そして、洋館の傍に植えられていた高い庭木を駆け上ってその枝の先から、燃え盛る炎なんてものとせず、勢いよく洋館の屋根へと大きく飛びあがった。

管狐たちは燃える屋根を越える瞬間、咥えた籠からぱらぱらと金平糖を振袖の上に降らせていく。

金平糖は勢いの衰えない炎に燃やされ、少しずつ溶けながらも振袖の上に降り注いだ。

一匹、二匹、三匹……。

次々に管狐は跳躍し、金平糖を振袖に降らせ続けた。

（お願い、気づいて。そして、金平糖を見て思い出して。あなたが生きていたときのこと。あなたは江都を焼いた呪いなんかじゃない。好きな人をひたすらに想ってた一人の女性にすぎないってこと）

多恵は心の中で必死に祈った。

四匹目の管狐が金平糖を屋根の上に降らせた。いよいよ次で最後だ。

（お願い!!）

それまで優雅に舞っていた振袖の動きが止まった。いつの間にか振袖の中にうっすらと少女のような人の姿が見えている。

その今にも消えそうな振袖の少女は前に右手を差し出した。

ちょうどそこに五匹目の管狐が金平糖を降らせる。

多恵のところからも、振袖の少女の手のひらに金平糖が落ちていったのが、かろうじて見えた。

「届いた……‼」


洋館の二階通路では聖が白髪の男と刀を交えていた。

腕前はほぼ互角。いや、相手の方が少し優勢かもしれない。

何度斬り込んでも、刀で弾かれ、流され、かわされてしまう。

差し違えてでも相手を止めようと思うのに、心の奥のどこか深いところで待ったがかかる。いま一歩踏み込めないでいた。

その精神的な障壁が、聖の腕を鈍らせる。一方、相手は容赦なく斬り込んできた。

それが悔しくもあり、哀しかった。

聖は喉の奥から搾り出すように、叫ぶ。

「父さん……なんで。なんで、こんなことしてるんだ！」

目の前にいるのは、二年前に突然失踪した父の司だった。

聖の予想どおり、一連の振袖火事モドキには司が関わっていたのだ。

聖に陰陽術や剣術を教え込んだのは司だ。だから、司が関わっているとわかれば、これまでの振袖火事モドキの発生日時や場所から、出現場所が陰陽術で使われる陰陽五行思想から導き出されていることはすぐにわかった。そうなれば、次の標的のだいたいの場所を割り出すことは訳がない。

そうして先回りして大悟と見回りしている最中に、今回の火事に出くわしたのだ。

すぐ近くにいたため駆けつけたこの洋館で司の姿を見つけた。

だが、司は聖を見るなり刀を抜いて切り掛かってきた。そこには親子の情などというものはまったく垣間見えなかった。

司は聖の質問には答えない。ただ一言。

「まだ、あまり黒くなってないな。なぜだ？」

わずかに眉を動かして、呟いた。一瞬何を言われたのかわからなかったが、血切丸の黒ずみのことを言っているのだと気づき、聖は一瞬泣きそうな顔になるもののすぐに司を睨んだ。

「お前が置いていったこいつを俺が継いだ。お前が投げ出した全てを俺が引き継いだんだ！　俺はお前みたいに無責任なことなんて決してしない！　すべてにケリをつけて終わらせてやる！」

大上段から斬り込んだ血切丸を、司は刀で受けようとした。しかし、何かに気を取られて視線が外を向く。その瞬間、聖の刀が司の袖の端を切り落とした。司の左肩が顕になり、一線に血が滲んでいる。

司は素早く後ろに飛んで間合いをとった。

「なんだ？　いま、怪異の力が弱まったな」

司は不思議そうにしていたが、聖にはわかっていた。さきほど屋根へと飛びあがっていったのは庄治の管狐たちだ。横目に、洋館前の庭先でこちらを祈るように見つめている多恵の姿が見えていた。

多恵の企(たくら)みが功をなしたのだ。怪異になりかけていた梅乃が多恵の金平糖で瘴気(しょうき)が抜けて自分を取り戻せたのかもしれない。自然と聖の口元に小さな笑みが浮かぶ。

(やはり、あいつはすごいな)

そのとき、司の視線が洋館の外に向く。

「……あの小さい男か？　いやちがうな。そうか。あの少女か。はじめてみるな、あれはどこの娘だ」

司も、怪異を鎮めたのが多恵だと気づいたようだ。

「おもしろいな、攫(さら)ってみるか」

司のその言葉に、聖はぞわりとした恐怖と怒髪天をつきそうなほどの怒りを覚えた。

「させるか！」

もう一度踏み込んで司に斬りかかる。多恵を司の視界に入れることすらひどく不快だった。

何度か刃(やいば)を交わす。激しい火花が散った。

「どうした？　何事にも無関心だったお前が珍しいな」

「うるさいっ！」

「まあいい。このまま邪魔されても困るのでな」

司は懐から一枚の符を取り出すと、無造作に二階から投げた。

ひらりと空を舞う符が翻ったとき、その符に書かれた呪文が聖の目にも入る。

その一瞬で、何のための符か理解した。あれは、捉えた式神や怪異を完全に解放するためのものだ。

(まずい!)

聖はすぐに手を伸ばしてその符を取ろうとするが、それより早く符は炎に包まれて燃えてしまった。

次の瞬間、屋根の上からつんざくような女の悲鳴が聞こえ、洋館を包む炎がいっきに強くなった。周りの庭木や隣家までをも炎が覆い尽くす勢いだ。

怪異となった梅乃の力は強制的に解放されてしまった。もう、討伐するしかないのかと、聖は内心歯噛みする。

司はすっと身を引いて、聖の前から離れた。炎が蠢く洋館の中へと逃げようとしている。咄嗟に聖は後を追うが、まるで意思をもっているかのような炎に遮られる。あまりの熱さに聖はそれ以上、司へ近寄れなかった。

司は去り際、もういちど振り返ると、

「聖。地獄の門が開くぞ」

そう一言残して、奥の部屋へと消えていった。

「待て！」

　そのとき、外から大悟の声が響く。

「聖！　危ない！」

　あわせて、ギギギという音があたりに響きわたった。屋根の一部が崩れて、聖の上にのしかかってきたのだ。聖が立っていた通路を轟音とともに崩れた屋根が押しつぶした。

　屋根が崩れて聖が立っていた二階の通路を壊し、洋館は半壊状態になっていた。

「聖！」

　大悟が叫ぶ。大悟を聖のもとに行かせまいと押しとどめていた大男は、屋敷の方をちらりと見ると、あっさりと大悟から身を引いた。大悟はすぐさま、聖の救助に向かう。それに庄治も続いた。

　多恵は息が止まりそうだった。

（どうか……どうか、無事でありますように）

　心の中で祈るしかない。

　さっきまで大悟を押しとどめていた大男は、騒ぎに乗じてその場から静かに立ち去る。

去り際、多恵に向かって小さくお辞儀をしたように見えた。

しかし、多恵はそれどころではない。聖がどうなったのか気が気ではなかった。

屋根の上では、依然として梅乃が振袖姿のまま立っている。梅乃の姿はより鮮明になっているが、もう踊ってはいない。ぼうっと遠くを眺めているようにも見えた。

さきほど聖と戦っていた人が、何か紙のようなものを炎に投げたのを見た。その紙が燃えた瞬間、梅乃が悲鳴をあげた。それとともに洋館を包む炎が一際激しくなり、さらに庭木や隣家までにも炎がまわるほどの規模になったのだ。

ここにいるだけでも、ちりちりと肌をいぶされるように熱さを感じる。

このままではさらにあちこちに引火してしまいそうだ。

明暦の大火、いわゆる本来の振袖火事は、本茗寺の大屋根に燃えた振袖が飛んで引火し、その火が次々と周りの建物に燃え移ってついには江都の街の大半を焼いたと言われていた。

いままさに、それと同じことが起ころうとしているかのようだった。

(どうしよう。どうすればいいんだろう)

多恵は立ち尽くすばかりで、何もできない。何かしたいのに、聖のような陰陽術も、大悟のような怪力も、庄治のような管狐をあやつる術も多恵にはない。

(どうしよう……どうしよう……)

そのとき、背後でカタカタカタという音が聞こえた。

振り返ると、その音は人力車の座席で鳴っている。

カタカタと箱ごと揺れているのは多恵が持ってきた慈海の髑髏の入った箱だった。

まるで外に出してくれといわんばかりの箱の動きに、多恵は人力車の座席へよじ登る。

箱には聖が施した符が蓋に封をするように四方に貼られている。多恵は符を引きちぎるようにして蓋を開けた。

中にすっぽり収まる髑髏。ぽっかり空いた眼窩が多恵を見上げていた。

『……ア……ウ、……ノ……』

必死に声をだそうとしているようだったが、うまく言葉になっていない。でも、何かを言おうとしていることは痛いほど伝わってきた。

（慈海さん。あそこに梅乃さんがいるの、わかるんだね）

初めて見たときはあんなに怖かった髑髏。いまだって怖くないわけじゃない。

でも、それ以上に強い想いが胸に去来して、多恵は髑髏をがしっと掴むと箱からとり出した。

（あなたは梅乃さんを思うあまり、どうにかしたいと望むあまりに怪異になった。その想い、どうにか梅乃さんに伝えたい！　つなぎたい！　言葉にできない想いなら、かわりに私が伝えるから！）

多恵は人力車から飛び降りると、慈海の髑髏を両手でもって、頭上に掲げた。

「梅乃さん！　聞いて、お願い！」

　彼が伝えたいこと、訴えたいこと、守りたかったものは巻物に記してあった。

　それを思い出しながら、声を張り上げた。どうか、届いてと願いながら。

「この人は、慈海さん！　二百年前、彼は貴女が振袖火事なんて起こしてないことを突き止めたの！　でも、貴女の汚名をそそごうとして殺されてしまった。そしてこんな姿になってもまだ、貴女を助けようともがいてるの！　だから、私たちは本当のことを知ることができた！」

　屋根の上にいる梅乃に向かって、声の限りに叫んだ。伝えたかった。二百年以上、抱き続けた彼の想いを届けたかった。

「なんで、そこまで貴女を助けようとしたと思う？　だって、だって慈海さんは……」

　巻物に記してあった文字が脳裏に浮かぶ。

『上野の山で、あの娘が草履の鼻緒が切れて困っていた。手持ちの手ぬぐいを裂いて直してやると、礼にとくれたコンペイトウが今も忘れられない』

　あの箇所の文字は滲んでいた。あれは涙の跡だ。いくつも跡がみえた。そこにどれだけの想いが詰まっていたのだろう。その一片でもいい、梅乃に伝えたかった。

　梅乃もまた、その想いに気づけば何かが変わると思ったから。

「慈海さんはね、梅乃さんが上野の山で一目ぼれした相手なの！　でも、一目ぼれしたのは慈海さんも同じだった。彼が書き記したものに、書いてあったから。あのとき貴女からもらった、金平糖の味が忘れられないって！」

慈海は、いまだうめき声のようなものを発していたが、その左の眼窩からつぅと透明なものが垂れて多恵の指を濡らした。

それまで茫としていた梅乃が、ゆっくりとこちらを見下ろす。

二人の視線が繋がり、それだけでもうお互いの存在を認識したようだった。

梅乃は結んでいた右手のひらを開いた。その手のひらから左の指で何かを摘まんで、口に入れる。

一瞬の間をおいて、梅乃の身体が膨れ上がったように見えた。しかしすぐに、梅乃の身体から黒い靄のようなものがしゅるしゅると抜けていく。

（あれは、瘴気……）

身体の中にため込んでいた、瘴気が抜けていく。それと同時に洋館を包み込んでいた炎もいっきに鎮火していった。

そのとき、先ほど崩れた建物の陰から、大悟が出てくるのが見えた。その隣には聖の姿もある。聖は片足を引きずっており、腕を大悟の肩に回して支えられながらこちらにやってくる。足を痛めたようだが、大事はないようだ。

聖の様子を確認して、多恵は心底ほっと胸を撫でおろしていた。

すぐに慈海の髑髏をもったまま彼のもとに駆け寄った。

「聖さん！　大丈夫ですか？」

「ああ、崩れてくるときに咄嗟に飛び降りたら、少し足をくじいただけだ。大したことはない」

そして、多恵が胸に抱く髑髏と、屋根の上からこちらを見下ろす梅乃を交互に見てから、聖は小さく笑った。

「梅乃は、あれだけ濃く取り憑いていた瘴気がすっかり抜けて、元の霊魂に戻ったようだ。すごいな、こんな事例、他に類を見ない。……でも、多恵なら、やってくれるような気がしてた。それじゃあ、最後の仕上げは俺がさせてもらうとするか」

聖は大悟に支えてもらっていた腕を離すと、少しよろめきそうになりながらも一人で立つ。真言を唱えながら印を繰り出した。

風が吹いた。柔らかく暖かな風が巻き起こり、そこに桜の花吹雪が混ざる。

まだ桜の季節ではないので、多恵はそれが陰陽術による幻影だとすぐにわかった。

「多恵。その髑髏を地面に置いてごらん」

聖に言われたとおりに地面へ静かに置いて、多恵は一歩下がる。

すると、慈海の髑髏を置いた場所に桜のつむじ風が起こった。風が去ったあと、そこには一人の美青年が立っていた。

年の頃は十七、八といったところか。眉目秀麗で、男性的とも女性的ともちがう絶妙な美しさを保つ顔。細身で華奢な体軀に、梅乃の振袖に似た紫地の羽織には荒磯と菊の模様が描かれている。灰色の袴とよく合っていて、粋な雰囲気が漂っていた。

彼は屋根の上の梅乃を見上げると、両手を広げる。

屋根の上から見下ろしていた梅乃は、屋根を蹴った。

飛び降りてきた梅乃を、慈海はしっかりと抱きとめる。

二人は互いに顔を見合わせたあと、静かに微笑みあってもう一度抱き合った。

そのまま二人の姿は次第に薄れていき、ついには空気に溶けるように何も見えなくなった。

きっと、行くべき場所に二人で行ったのだろう。

あとには、髑髏だけが残っていたが、もう一言もしゃべりも泣きもしないただの髑髏となっていた。


その後、慈海の巻物については、円山寺の了解をとったうえで、聖が伝手を使って内容の抜粋を新聞に載せてもらうことになった。振袖火事自体に知名度があったこともあって、その裏に隠された陰謀と悲恋の物語は瞬く間に人々に知れ渡っていった。

現代の帝都で起こった振袖火事モドキについても、明暦の大火の原因として汚名を着せられた梅乃の無念が怪異を引き起こしていたが、慈海の巻物が二百年越しに世に出たことで無念が晴れて成仏したという話にいつの間にかなっていったようだ。

しかし聖の父・司と、大悟の父は再び姿を消したまま、いまだに行方はようとしてしれない。

春も近くなったある日。

多恵、聖、大悟、庄治の四人は本茗寺に来ていた。

寺の了解を得て梅乃の墓の隣に慈海の墓を建て、そこに慈海の髑髏を埋葬することになったのだ。

二百年以上前に建てられた梅乃の墓の隣に、真新しい慈海の墓が並んでいる。

もちろん、梅乃の墓の裏に付けられていた陰陽術の模様も、事前に聖が丹念にヘラでこそげ落としていた。おかげで墓を覆っていた苔もすっかり綺麗になっている。

もう二人は離れ離れになることも、怪異として利用されることもないだろう。

ようやく二人に安寧のときが訪れたのだ。

住職の読経に合わせて、多恵たちも静かに手を合わせる。

多恵は心の中で、彼岸に渡った彼らがこれからもずっと幸せで心安らかでいられますようにと願った。

埋葬が終わって、寺の境内に止めていた馬車へと歩いて向かう。

「さあ、戻ったら精進落ししましょう？　ちょうどお昼ご飯の時間だし。今日は、嘉川さんに頼んで、私が用意させてもらったんです」

多恵が申し出ると、真っ先に反応したのは大悟だった。

「ほんまに⁉　やった、多恵ちゃんの飯が食えるなんて毎日でも精進落ししたいわ」

なんて不謹慎なことを嬉しそうに言っている。

庄治の服の中からは管狐が「ご飯？」とでもいうようにきょろきょろと顔を覗かせた。

そんな二人の様子がおかしくて微笑んでいると、聖がそっと隣にやってきた。

「いいのか？　忙しかっただろう？」

聖に聞かれて、多恵は笑う。

「いえ、そんなことないです。今日の献立は前に帝国図書館で調べ物をしていたときに見つけてからずっとつくってみたかったものなんです。それに、やっぱりみんなにつくったものを食べてもらえるのは嬉しいですから」

屈託のない多恵の言葉に、聖も微笑する。

「そうか。多恵のつくるものは、どれも美味いからな」

ポンと多恵の頭を軽く撫でる。その感触の心地よさに、多恵の顔にも自然と笑みが広がった。

いつごろからだろうか。彼は多恵のことを名前で呼ぶようになっていた。それを多恵も実は密かに嬉しく感じている。少しずつだけど着実に距離が縮まっているのを自覚するたびに、胸がちょっとうるさくなる。

ふいにそこへ、聖がぼそりと呟いた言葉が降ってきた。

「ありがとう」

「え？」

突然の感謝の言葉に意表をつかれ、多恵は聞き返す。

隣を見上げると、聖の黒い瞳がまっすぐ多恵を見つめていた。

「俺のところにきてくれて、感謝してる」

彼に見つめられると、さらに鼓動が早くなる。その瞳に吸いつけられるように目が離せなくなる。彼が自分を見てくれているのが嬉しい。ずっとこのまま見つめあっていられたらいいのに、なんてそんなことを願いたくなってしまって多恵は慌てて目を逸らすと、心のうちに浮かんだ感謝の言葉を素直に口にした。

「それは、私も同じです。聖さんに拾ってもらわなかったら今頃どうなっていたことか」

いまの境遇は自分には過ぎた環境だと思う。これ以上、望むものなんてあるはずないくらい良くしてもらっている。自分たちはあくまで契約上のかりそめの夫婦だ。それは充分わかっているのに、彼のそばにいるとそれ以上のつながりを求めてしまいたくなる。

もうとっくに気づいていた。彼に向ける笑みが、作り笑いなんかじゃなくなっているってことに。

彼は視線を、前を歩く大悟たちの背中に向ける。

「……こんなことを言うと怒るかもしれんが、はじめは契約結婚の相手は条件さえ呑んでくれる相手なら誰でもいいと思ってたんだ。でも、いつの間にか、君以外考えられなくなっていた」

そこで一旦言葉を区切ってから、少し早口に後をつづけた。

「もし辞めたいなら今のうちだぞ。これ以上はもう、君を離せなくなりそうだ」

（辞めるなら今のうち……）

そんなこと考えられなかった。

はじめて契約結婚の話を聞いたとき、とても驚いたことは確かだ。

でも一日一日と彼と過ごす時間が積み重なるうちに、いつしか彼がいない未来なんて想像すらできなくなっていた。

一緒にこれからも共に歩いて行きたい。

その背負ったものを少しでも分けてほしい。

一人では背負うのが辛すぎる重荷でも、二人で持てばきっと歩きやすいはずだから。

彼と一緒にいられるのならば、そのために多恵が何かの重荷を抱えることになっても、それで構わないとすら想うのだ。

きっともう二度と、これほど一緒にいたいと強く願う人と出会うことはないだろう。

だから、辞めるなんてどうか言わないでほしい。

多恵はむくれ顔で、少し怒ったように聖に言う。

「いまさら、契約解除はなしですよ」

「今辞めても離縁金なら満額……」

まだ言いつのる彼の前に、多恵は足を早めて立ちふさがった。自然と彼も足を止める。

「そういうことじゃないんです。違うんです。……私だって、聖さんと同じです。これからも聖さんと一緒にいたいんです」

「多恵……」

お互いの視線が絡まる。しばらく見つめあったあと、二人の顔にあたたかな笑みが広がった。

後ろから、大悟の騒がしい声が急き立てる。

「ほら、なにしてんねん。早くいくで！」

「ああ、わかってる」

苦笑交じりに聖は返した。

再び二人並んで歩き始める。寄り添うような二人の距離は、さっきよりもぐっと縮まっていた。

屋敷に戻り、昼食は食堂に用意することにした。聖の自室の低卓は四人で食事をするには少し狭すぎるからだ。

食堂の席に着いた聖と、大悟、庄治の前に、多恵はキヨや他の女中にも手伝ってもらって一つずつ膳を運んできた。

膳には、茶飯に、しじみの味噌汁、豆腐のあんかけ、煮豆がのっている。それに、小皿に数個ずつ金平糖も用意した。この金平糖は先の振袖火事モドキの際に余ったものだ。

多恵も自分の膳を聖の隣に置いて、席に着いた。

「お疲れ様でした。さあ、召し上がってください」

三人とも一斉に料理に手を付ける。多恵も、茶飯を箸で口に含んだ。茶飯は、ほうじ茶と炒った大豆、少量の塩を米とともに炊き込んだものだ。口に入れた瞬間、ふくよかなお茶の香りが漂い、噛むたびに大豆の香ばしい味が混ざって複雑なおいしさを生み出している。大悟なんてあっという間に茶飯を食べてしまって、もうキヨにお代わりを頼んでいた。

味噌汁も、江都前のしじみから良い出汁が出ていた。身も肉厚で旨みがある。

味噌汁を飲んで、ふぅっと多恵は息をついた。

「この料理は、『奈良茶飯』っていいます。明暦の大火のあとに生まれて、定食の原点になった料理なんだそうです。私がやっていた定食屋もこの料理が生まれなかったら存在しなかったかもしれません」

二百年前の明暦の大火で江都は焼け野原となった。

その街を復興させるために全国から大工や左官、鳶などの職人たちが集まってきた。

その職人たちの食を支えるために江都の街ではいっきに外食文化が花開き、その中で生まれた流行の一つがこの『奈良茶飯』だ。これがのちのちの定食に発展していくことになる。

「なんだか、不思議なつながりを感じてしまって。一度、ちゃんと奈良茶飯を作ってみたかったんです」

明暦の大火は確かに沢山の不幸を生んだ大火事だったけれど、その後、そこから生まれたものも数多くあるのだと多恵は茶飯とともに感謝の気持ちを噛みしめた。

多恵自身、火事で母の残してくれた定食屋を失ったが、そのかわりにこうして聖と出会えた。とても奇妙で不思議だけど、いまとなってはかけがえのない縁だ。そう思ってなにげなく聖に視線を向けると、彼もこちらを見つめていた。

視線が一瞬絡み合ったあと聖はぱっと顔を背けると、ぼそっと言った。

「多恵がつくるものは、なんでも美味い。これからも……その……楽しみにしてる」

多恵も急に気恥ずかしくなって、顔が熱くなった。

「は、はい……」

以前は、沢山の人に自分の料理を食べてもらいたいと思っていた。それが定食屋を継いだ多恵の夢でもあった。沢山の人が多恵の料理を食べて、ほっとしたり、喜んでくれたり、元気を取り戻したりしてくれたら、それより嬉しいことなどないと思っていた。でも、いまは少し違う。誰よりも聖のためにつくりたい。彼が喜んでくれるなら、どんな料理でもつくれると思うのだ。

そんな初々しい二人の様子を見て、大悟が笑う。

「鷹乃宮家も安泰そうやな」

「きゅる！」

偶然なのか意図的なのかわからないが、庄治の横で大豆を美味しそうに食べていた管狐が応えた。

それでますます、多恵は顔を赤くしてしまうのだ。

膳の小皿には桃色と白の金平糖が二つ、仲睦(なかむつ)まじく寄り添うようにくっついていた。

帝都契約嫁のまかない祓い

飛野 猶

令和5年 11月25日　初版発行

発行者●山下直久

発行●株式会社KADOKAWA
〒102-8177　東京都千代田区富士見2-13-3
電話　0570-002-301（ナビダイヤル）

角川文庫 23904

印刷所●株式会社暁印刷
製本所●本間製本株式会社

表紙画●和田三造

●お問い合わせ
https://www.kadokawa.co.jp/（「お問い合わせ」へお進みください）
※内容によっては、お答えできない場合があります。
※サポートは日本国内のみとさせていただきます。
※Japanese text only

ISBN 978-4-04-114219-6　C0193

◇◇◇

角川文庫発刊に際して

角川源義

第二次世界大戦の敗北は、軍事力の敗北であった以上に、私たちの若い文化力の敗退であった。私たちの文化が戦争に対して如何に無力であり、単なるあだ花に過ぎなかったかを、私たちは身を以て体験し痛感した。西洋近代文化の摂取にとって、明治以後八十年の歳月は決して短かすぎたとは言えない。にもかかわらず、近代文化の伝統を確立し、自由な批判と柔軟な良識に富む文化層として自らを形成することに私たちは失敗して来た。そしてこれは、各層への文化の普及滲透を任務とする出版人の責任でもあった。

一九四五年以来、私たちは再び振出しに戻り、第一歩から踏み出すことを余儀なくされた。これは大きな不幸ではあるが、反面、これまでの混沌・未熟・歪曲の中にあった我が国の文化に秩序と確たる基礎を齎らすためには絶好の機会でもある。角川書店は、このような祖国の文化的危機にあたり、微力をも顧みず再建の礎石たるべき抱負と決意とをもって出発したが、ここに創立以来の念願を果すべく角川文庫を発刊する。これまで刊行されたあらゆる全集叢書文庫類の長所と短所とを検討し、古今東西の不朽の典籍を、良心的編集のもとに、廉価に、そして書架にふさわしい美本として、多くのひとびとに提供しようとする。しかし私たちは徒らに百科全書的な知識のジレッタントを作ることを目的とせず、あくまで祖国の文化に秩序と再建への道を示し、この文庫を角川書店の栄ある事業として、今後永久に継続発展せしめ、学芸と教養との殿堂として大成せんことを期したい。多くの読書子の愛情ある忠言と支持とによって、この希望と抱負とを完遂せしめられんことを願う。

一九四九年五月三日